EVA EN EL MUNDO DE LOS JAGUARES

Elizabeth Subercaseaux

Eva en el mundo de los Jaguares

AGUILAR

- **Santillana S.A.**
  Juan Bravo 38, 28006 Madrid, España
- **Aguilar, Altea, Taurus, Alfaguara S.A.**
  Beazley 3860, 1437 Buenos Aires, Argentina
- **Editorial Santillana, S.A. (ROU)**
  Javier de Viana 2350, (11200) Montevideo, Uruguay

ISBN: 956 - 239 - 038 - 1
Inscripción Nº 103. 650
Impreso en Chile/Printed in Chile
Primera edición: abril 1998
Tercera edición: diciembre 1998

Diseño de cubierta:
Ricardo Alarcón, sobre un fragmento
de *El sueño,* óleo sobre lienzo
de Henri Rousseau

Índice

Para todas las mujeres
capaces de reírse de sí mismas
y para los hombres
que tuvieron la suerte de conocerlas

Introducción

Los tiempos en que la mujer era esa personita dependiente, desamparada y pasiva que obedecía a la mal llamada «naturaleza femenina» (que de natural no tenía nada ya que no eran más que patrones aprendidos), están quedando atrás. A la mujer de fines del milenio ya no se la ve como a una sirvienta solícita, sensible, débil, sumisa, indefensa, emotiva, culpable, vacilante, tolerante e impotente. Eso cambió. Los aspectos más fuertes del patriarcado van cuesta abajo en un proceso que es lento y doloroso; sobre todo doloroso, porque a nadie le gusta perder la empleada que lo ha servido durante diez mil años, pero qué diablos, alguna vez tenía que dársele el lugar que le corresponde a la otra mitad de la humanidad.

En toda la historia del hombre no ha habido ningún otro grupo reprimido (como la mujer) que haya permanecido durante tanto tiempo en ese estado y, lo que es peor, convencida de que aquel era su destino natural, hasta biológico. En los umbrales del siglo XXI esta especie de azote que ha afectado tan profundamente la historia de la mujer está comenzando a mermar. Digo comenzando, porque el machismo se encuentra aún muy enraizado en todo el mundo; en algunos países desarrollados, como Estados Unidos, Canadá y los del norte de Europa, se ha progresado más rápidamente en favor de la igualdad de derechos para la mujer, pero de ahí a creer que el machismo está en retirada, hay un abismo. No está en retirada. Y nosotras, las mujeres de los sesenta que dimos el paso más grande al mundo laboral, la generación que puso término a la larga tradición de la mujer solamente para la casa, los niños y la cocina, somos la primera generación de sobrevivientes concientizadas.

De esa sobrevivencia me propongo hablar en este libro y me propongo hacerlo de manera muy liviana y con todo sentido del humor: creo que el humor, incluso la caricatura, es el mejor camino para acercarse a un tema tan espinudo. ¿Y por qué tan espinudo?, se estará preguntando usted. «¿Qué tanta cosa? ¿Qué tanta alharaca hacen estas feministas con el cuento del machismo? Mi marido es amoroso, pide las menos cosas posibles, no exige nada, se come lo que le dan, cero maña, ayuda en todo el pobre, si ayer hasta hizo su cama...»

Es un tema bien espinudo porque por una parte el machismo no es responsabilidad sólo de los hombres, sino también de las mujeres que los crían. Y además los hombres también son víctimas del sistema social que defienden. Estamos frente a un sistema donde al final del cuento todos pierden y así tenía que ser. No era posible pensar que pudiera haber un bando ganador en una sociedad con normas unilaterales e injustas para la otra mitad. Sobre todo cuando de esa otra mitad también depende que la sociedad subsista.

El machismo continúa siendo una realidad de nuestra época y la verdad es que las mujeres se las vienen arreglando desde tiempos inmemoriales para vivir con esta lacra. La buena noticia es que existen varias maneras de sobrevivirlo con decoro. El humor es una de ellas.

En este libro ofrezco algunos consejos para mirar a los machos con humor y simpatía, defenderse de sus embates machistas y continuar tirando la carreta de la vida. El libro comienza en el Paraíso. Luego vienen la triste historia de Agustín, algunos secretos fundamentales para defenderse del machismo y los mandamientos para las mujeres casadas y separadas. Me gustaría aclarar, eso sí, que se trata de mandamientos distintos de los de la Iglesia Católica, pero no importa, total, al final del pasillo todo sirve para salvarse, y Dios nunca ha sido tan fijado en estos detalles.

Finalmente he recopilado las recetas que las mujeres de este libro prepararon para sus trogloditas. Al fin y al cabo, siempre termina siendo en la cocina donde las mujeres estrujamos el corazón.

I

El Paraíso

I. El Paraíso

Sábado

Querido diario:

Cuando yo nací, la tierra estaba ordenada y las tinieblas que se esparcían sobre la faz del abismo se habían convertido en agua y en la verde quebrada cubierta de helechos, al fondo de la cual se encuentra la cascada donde me baño todos los días. Antes que yo naciera, ya había lumbreras en la expansión de los cielos que separaban el día de la noche, ya estaban aquí las montañas, los grandes monstruos marinos que alcanzo a divisar desde estas colinas, los reptiles, la gentil serpiente, los demás animales de las aguas y de la tierra, más las aves del cielo. Dios lo había creado todo para mí, para que yo lo cuidara, disfrutara de ello y fuera feliz. ¿Qué más puede pedir una mujer?

Mis días son largos y placenteros. Juego con los dinosaurios, canto con los gorriones, me escondo de las ardillas. Cuando deseo estar cerca de una estrella monto en las jirafas y cuando quiero acercarme al horizonte, les pido a los ciervos que me lleven o vuelo sobre el lomo de los cisnes blancos.

No me falta ni me sobra nada. Para bañarme

tengo el río Éufrates y el Pisón, que corren por aquí cerca. Para dormir, tengo un lecho de flores. Para cubrirme el cuerpo, tengo hojas de parra. Para alimentarme, tengo los frutos de los árboles del huerto. Puedo comer de todos los árboles menos del árbol de la ciencia del bien y del mal; de aquel no puedo comer, si lo hago, moriría.

Domingo

Querido diario:

Hoy es día de descanso. Me tiendo en la colina de cara al cielo y pienso en lo delicioso que resulta no tener que descansar de nada porque no hago más que retozar por estas verdes colinas, conversar con mi amigo el búho, cantarles a las nubes y dejar que el agua tibia de la cascada bañe mi cuerpo desnudo. Mi tiempo transcurre amablemente y la vida gira en torno a las cosas sencillas del Paraíso: si cayó suficiente agua para calmar la sed de los conejos, si los pájaros encontraron las semillas que andaban buscando, si las nubes se han corrido hacia el suroeste. No tengo presiones de ninguna especie. Estiro el cuerpo hacia el sol saludándolo, luego corro hacia la cascada a bañarme, como algún fruto si me da hambre, juego y pienso.

Lunes

Querido diario:

Ha llegado una nueva creatura. Es una creatura muy curiosa. Anda en dos patas, como yo. Usa el cabello hasta los hombros y tiene pelos en todas partes. No tiene pechos; lo que tiene, en cambio, es un apéndice que le cuelga más abajo de la cintura, como una zanahoria blanda que oscila cuando la creatura camina. En lo demás, cuenta con un cierto parecido conmigo, posee dos brazos y dos manos, como yo, camina erguida, como yo, y para hacerlo se apoya en las plantas de los pies, como hago yo. Me mira fijamente a los ojos como si quisiera hipnotizarme. Me espía. No ha dejado de observarme desde que apareció. No me gusta nada. Anda dando vueltas alrededor mío. Como si quisiera sentarse a mi lado. Hace un rato se acercó hasta casi tocarme y me preguntó ¿cómo te llamas? Yo no respondí. ¿Para qué quiere saber mi nombre? Nadie había preguntado mi nombre antes que ella... La creatura se acarició la especie de zanahoria y luego dijo: ¿estamos solos aquí? Yo me quedé mirándola sin responder porque no entendí bien el significado de su pregunta.

Me he quedado pensando en qué significa esto de hablar en plural. ¿Creerá que es igual a mí? ¿Por qué dice «estamos», como si ella y yo fuéramos las únicas creaturas del Paraíso? ¿Cómo vamos a estar solas? ¿No se habrá fijado en el dinosaurio, en la jirafa o en los zorzales que en ese mismo momento estaban jugando conmigo, ni en el cisne que se acercó a preguntarme si deseaba montar en su lomo para acercarnos al horizonte? ¿Pensará quedarse? No me gustaría que se quedara. Iba a preguntárselo pero luego decidí que es más prudente no entablar conversación con ella.

Martes

Querido diario:

La nueva creatura debe estar gravemente enferma. Probablemente de la cabeza. Hoy en la mañana mató a palos a un dinosaurio que andaba paseando tranquilamente por el prado. El dinosaurio no le había hecho nada. Las plantas quedaron rojas con su sangre y el dinosaurio quedó tendido de espaldas con los ojos abiertos y las patas apoyadas en el cielo. «Es para que tengamos algo de comer», me dijo enseñándome el palo con que le había dado al animal en la cabeza. ¿Algo de comer? ¿Para qué?, me pregunto. Antes de que llegara la nueva creatura yo no necesitaba comer dinosaurios. ¿De dónde habrá salido este raro espécimen? Después de matar al dinosaurio me preguntó cómo se llamaba este lugar. Se llama Paraíso, le dije, ¿no lo sabías? ¿Y quién es el dueño?, preguntó luego. ¿Cómo que quién es el dueño? Nadie es el dueño, le dije. Entonces me preguntó: ¿cuánto vale? ¿Cuánto vale que cosa?, quise saber yo que a esas alturas casi nada de lo que dijera o hiciera la extraña creatura me sorprendía. El Paraíso, respondió, quiero comprarlo. Yo me quedé mirándola perpleja y no le dije nada, qué iba a decirle... Por la noche me tendí bajo las estrellas e intenté conciliar el sueño.

Miércoles

Querido diario:

La nueva creatura no se sacia con nada. Pasa

con hambre. Pronto vamos a quedar sin frutas. Come como una salvaje y cada vez que me observa mientras me baño bajo la cascada se le mueve la especie de zanahoria y se le ponen los ojos redondos. ¿Se estará volviendo loca? Se lo pregunté a ella misma más tarde. Oye, le dije, ¿te estás volviendo loca? Y la nueva creatura puso una cara muy extraña y se me acercó amenazante y me dijo: ¿cómo te atreves a tratarme de «loca»? Yo soy un macho hecho y derecho, para que lo sepas, hecho y derecho, repitió y se fue muy enojada. Es una creatura rarísima...

Jueves

Querido diario:

Hoy ha sido un día agotador. Como son casi todos mis días desde que apareció la nueva creatura. No sé cómo se las arregla para darme todo este trabajo. Desordenó los matorrales de la entrada. Cortó cinco araucarias y dejó el camino lleno de ramas. Estranguló a otro dinosaurio y fabricó una trampa para cazar al león. Dijo que el león de la selva era ella. ¡Qué creatura tan extravagante! Yo ando de bosque en bosque advirtiendo a los animales. Se ríen de mí. No me creen. «Es imposible», me dijo el búho, «¿cómo se te ocurre que Dios nos va a enviar a alguien que destruya el Paraíso?» Te digo que es cierto, le aseguré, anda a verla tú mismo si no me crees. Y él me dijo que vendría esta noche antes de las doce.

Viernes

Querido diario:

La nueva creatura volvió a preguntarme por mi nombre. Esta vez con insistencia. ¿Y para qué quieres saberlo? Para saber cómo tengo que llamarte, me dijo. No me tienes que llamar de ninguna forma, le contesté. ¿Y cómo quieres que te grite cuando te necesite?, preguntó. Tú no tienes para qué necesitarme, le dije, cada una se basta a sí misma. Eso era hasta antes de que yo llegara, respondió la creatura poniendo una cara que me preocupó. Yo me quedé mirándola llena de curiosidad. ¿Hasta antes de que tú llegaras? ¿Qué quieres decir con eso? Que de ahora en adelante las cosas van a cambiar, respondió. Ya cambiaron bastante, le dije. No me refiero a eso, respondió ella, me refiero a que de ahora en adelante yo voy a ser el rey del Paraíso. El único rey del Paraíso es Dios, le dije yo y me di vuelta y me fui porque desde que llegó la nueva creatura la paciencia se me acaba casi de inmediato. ¡Pero cómo te llamas!, me gritó desde lejos y yo le grité de vuelta: ¡Eva!

Sábado

Querido diario:

La nueva creatura no lleva una semana acá y parece que hubiera llegado hace un siglo. Se mete en todo. Quiere cambiar el orden de las cosas. Dice que debemos construirnos una casa, hablando siempre en plural, «debemos», como si ella y yo tuviésemos que hacer las mismas cosas, como si mi vida y la suya estuviesen pegadas o algo por el estilo, como los gemelos que parió el canguro. ¿Para qué queremos una casa? A mí me gusta dormir al aire libre. Anoche declaró que íbamos a tener hijos para poblar la tierra. Estoy segura de que es loca. Yo la escucho como quien oye llover y no le digo nada, qué voy a decirle. Hoy en la mañana intentó convencerme de que comiéramos los frutos del árbol de la ciencia del bien y del mal. ¿Estás loca?, le dije. ¿Quieres morirte? ¿Y desde cuándo se muere uno por comer una manzana?, dijo ella lanzando otra risotada. (Desde ayer la nueva creatura no deja de reírse por cualquier sandez. Me mira y se ríe. Como si estuviera planeando algo. Algún gato hay encerrado. Lo presiento.) Puedes comer de todos los demás árboles, le repetí, pero de ése no, ¿cuántas veces hay que decirte las cosas? Y entonces ella volvió a hacer algo que había hecho el otro día: cortó una flor y me la entregó. Toma, Eva, me dijo (era la primera vez que alguien me llamaba así, y debo confesarte que me gustó el sonido de mi nombre puesto en una boca parecida a la mía. «Eva», sonaba bonito).

Por la noche me tendí de cara a las estrellas y la nueva creatura se tendió junto a mí. ¿Vas a dormir aquí?, le pregunté. ¿Y por qué no?, dijo ella. Porque tienes todo el Paraíso para recostarte, ¿por qué tienes que escoger justo este lugar donde estoy yo? Por lo mismo, me dijo. La nueva creatura tiene una respuesta para todo.

Domingo

Querido diario:

La nueva creatura me convenció y entre las dos nos comimos la manzana del árbol de la ciencia del bien y del mal. Al comienzo estuve asustada. Sabía que a mi padre no iba a parecerle bien. Había desobedecido sus órdenes. Pero mi padre no me reprendió. Solamente se mesó las barbas y meneó la cabeza para lado y lado como hace cuando algo le preocupa. Después me dijo que la nueva creatura era muy compleja, «tan compleja como tú misma». Dicho esto se esfumó advirtiendo que él no quería meterse en líos, que había sido yo quien me había buscado esta complicación, ahora vería cómo me las ingeniaba para salir del enredo. «Porque te has metido en un enredo de siglos, Eva», me dijo y luego me acarició la cabeza, como compadeciéndome, «de siglos, hija», repitió y se fue. ¿Qué me habrá querido decir?

¡Ah! Se me olvidaba decirte que la nueva creatura se llama Adán. Después que nos hubimos comido la manzana le pregunté su nombre. «Adán», me dijo y otra vez se le movió la especie de zanahoria. Luego me tomó de la mano y me convidó a bañarnos juntos a la cascada.

Seis años más tarde

Querido diario:

Recién ahora empiezo a comprender lo que quiso decir mi padre cuando se despidió de mí. Adán me ha hecho a Caín, Abel, Enoc, Mehujamel, Metusael, Lamec y Zila. Ya no doy más. Y dice que todavía faltan muchos porque poblar la tierra no es tarea de cinco o seis chiquillos, sino de miles. Ayer me dijo que por la noche me haría a Enós, Cainán, Mahalaleel, Jared y Matusalén que vivirá trescientos años.

Trabajo de sol a sol. Los niños me vuelven loca, sobre todo Caín y Abel que son como el perro y el gato. Se multiplican como conejos. Levanto una piedra y aparece un chiquillo, levanto otra y aparece otro. Adán dice que me quejo por todo. Atrás quedaron los tiempos en que me bañaba desnuda en la cascada. Atrás, los tiempos en que podía escribirte todos los días, querido diario. Ya no tengo esas horas libres para cepillarme el cabello ni para retozar con los animales, ni para volar en el lomo de los cisnes hacia el horizonte. El horizonte se me hace cada vez más lejano. El pasado también. A veces pienso que mi antigua vida en el Paraíso es algo que he soñado, que nunca existió. Hoy salimos de viaje al desierto. Adán dice que juntos vamos a emprender un largo viaje... Yo no sé qué irá a ser de mi destino. Espérame, querido diario, al lado de afuera de la Tierra, al revés del tiempo, y cuando haya terminado mi trayecto te cuento cómo me fue...

II

Las desdichas de Agustín

II. Las desdichas de Agustín

Si fuese posible esperar a las mujeres al lado de afuera de esta Tierra y en el revés del tiempo, para preguntarles cómo les fue con el machismo del planeta, muchas clavarían esos ojos ya sin esperanzas de las muertas y a ras del sueño responderían: «mal»...

Cuando se habla de machismo se piensa de inmediato en que las mujeres son las principales víctimas de esta lacra. Pero ¿lo son? y ¿son las únicas? Son víctimas, no cabe duda. ¿Quién se atrevería a negar que ellas lo pasan mal en la rancia sociedad patriarcal?... Pero no son las únicas... Hay otras víctimas que rara vez se mencionan: los hombres. Por eso, antes de hundirme en los secretos y mandamientos para sobrevivir al machismo, que es el tema de este libro, quisiera traer a cuento las desdichas de Agustín.

Agustín nació un día de enero en medio del calor del verano. De acuerdo a la memoria de su madre, eran las cuatro de una tarde pegajosa y sofocante y su nacimiento fue tan suave y repentino que ni ella ni la tía Charo alcanzaron a darse cuenta de lo que estaba aconteciendo. Su madre se encontraba tendida en la cama esperando las contracciones. La tía Charo la acompañaba y la matrona había quedado de llegar a las seis. Pero no fue necesaria la presencia de la matrona y tampoco fue necesario llevar a la madre al hospital: a las cuatro en punto la mujer sintió que se le abrían las carnes. Un líquido opalescente le bañó las piernas y luego se esparció por la cama dejándola en medio de un charco de agua tibia. Un minuto después Agustín salió como un escupo, sin que a nadie le doliera nada. «Este niño quería librarse de mí mucho antes de lo que yo quería librarme de él», le dijo su madre a su padre esa noche.

Nacer así, dulcemente, sin molestar a su mamá fue lo único que hizo el pobre, hasta ahí llegó su responsabilidad, escogió nacer con suavidad. Eso fue todo. Pero no eligió crecer con más derechos que sus hermanas, no eligió tener que aguantarse los dolores (por ser hombre), ni eligió que el aparatito que le colgaba más abajo del ombligo estuviese destinado a pasar su vida de adulto ofreciendo cátedras de masculinidad. Tampoco eligió ser él quien tuviera que mantener a la familia, ni mucho menos eligió no poder llorar ni expresar libremente sus sentimientos... Todo ello se lo fueron imponiendo, poco a poco, sin ninguna perversión ni nada que se le parezca, sino como la cosa más natural del mundo.

Muy pronto en su vida, Agustín empezó a darse cuenta de que él era el rey de la casa. Tenía ciertos privilegios que sus hermanas no tenían. Si había pollo, a él le tocaba la pata. Si había torta le daban el pedazo más grande. Y todo eso le gustaba. ¡Cómo no iba a gustarle! La mamá lo mimaba, la empleada lo mimaba, las hermanas le hacían la cama, las amigas de su hermana Guadalupe querían mirarle la cosita que tenía colgando bajo el ombligo, la de la nariz con pecas incluso le ofreció plata: «te pagamos diez pesos si nos muestras la pirula». ¡Hasta le pagaban por mostrarla! Y a él, ¡qué le han dicho! «Si estas chiquillas están dispuestas a darme plata por bajarme los pantalones y dejar mi pirula al aire sólo un par de minutos...»

En el curso de su vida se dio cuenta de que el mismo aparatito que en los años de su infancia le produjo el capital con que se compró la primera bicicleta, ahora le producía casi más padecimientos que placeres. Era una especie de caballero aparte con personalidad propia y porfiado como burro. Hacía lo que se le da la gana y no obedecía ninguna de sus órdenes: cuando debía quedarse tranquilo iba y se paraba; cuando Agustín le rogaba que se parara, el otro se sentaba y enmudecía, como si le hubieran pegado un palo en la cabeza y nadie le había hecho eso, sino todo lo contrario; era un tipo irresponsable y caprichoso, pero había que llevarle el amén en lo que fuera y cuidarlo como a un hueso santo, porque la sociedad patriarcal le había enseñado que si fallaba ese exaltado compañero, le fallaba todo.

Los hombres están conscientes de los dolores

de cabeza que les proporciona su aparatito. Mempo Giardinelli lo ha puesto en boca de una de las mujeres de sus cuentos, así: «Muchas veces los hombres son completamente decepcionantes: cuando no se disculpan porque la tienen chica, hacen advertencias por si acaso no se les para; o bien la tienen como de madera y no saben qué hacer con ella».(*)

El aspecto físico de este aparatito —de ahora en adelante voy a llamarlo «atributo» para no ofender a nadie— ha obligado a miles de aprensivos varones a consultar a los médicos. En Estados Unidos en los años sesenta (cuando la liberación femenina comenzó a agarrar vuelo) los urólogos se encontraron con que la mayoría de sus pacientes acudían a sus consultas para saber si su miembro era de tamaño normal.

Volvamos a la historia de Agustín.

Al poco tiempo de llegar al mundo, Agustín empezó a recibir las lecciones de su papá: «Yo voy a enseñarte a ser un verdadero macho, hijo».

Lo primero que se le pasó por la cabeza a este papá, cuando la tía Charo salió a abrirle la puerta la tarde de su nacimiento y le dijo «te felicito, es un varón», fue que su hijo iba a ser un «hombre de verdad», es decir, «un verdadero macho»... Pobre niño. Ahí comenzó su tragedia.

(*) Giardinelli, Mempo, *Señor con pollo en la puerta y otros cuentos,* Editorial LOM, Santiago 1997.

La voz del papá:

«Los hombres no lloran, hijo. Hombre que llora es maricón, los hombres de verdad no le tienen miedo a nada, así que usted se aguanta el llanto como pueda, nada de andar haciendo pucheros de niña mimada delante mío. Si le duele, le duele y sanseacabó».

Lección número uno:

HOMBRE QUE LLORA ES MARICÓN.

De ahí para adelante el chiquillo emprende el vuelo con las alas cortadas y sin permiso para expresar sus emociones, sus miedos, sus angustias; desde pequeño le han dicho que los hombres deben soportar, ser fuertes, saber tragarse los problemas y hacer como si no les pasara nada cuando les está pasando todo, «a lo mero macho, hijo».

Con los sentimientos medio castrados, sin poder llorar ni decir que sentía pena, Agustín llegó a la adolescencia y entonces le tocó la segunda prueba: probarle al mundo su virilidad. Debía proclamar que para algo tenía ese atributo que le colgaba más abajo de la cintura y demostrar que su cosita no era cualquier pirigüín a medio morir saltando, sino una estaca arremetedora, capaz de atravesar con éxito los suaves y jugosos muros femeninos. Y aunque hubiera recién cumplido los diecisiete años y todavía no hubiese tenido tiempo de tomarles el gusto a las féminas (a quienes francamente encontraba cargantes, llenas de espinillas y medio histéricas), debía demostrar que se las podía con ellas, que su pirula enhiesta y alzada al cielo estaba lista para el ataque.

Lección número dos:

UN MACHO, HIJO, ES POTENTE O MEJOR QUE SE SUICIDE.

Su papá y su hermano grande no lo dejaban tranquilo con el cuento de la potencia. Hasta el abuelo se metía con su «hombría»:

—¿Te hiciste hombre, Agustín? ¿Cuándo piensas hacerte hombre? ¿No será tiempo de manducarte a una rica pimpolla? —le dijo un día el viejo verde.

Agustín se quedó mirándolo sin comprender qué era, exactamente, lo que estaba insinuando su abuelo. Hasta que una tarde su amigo Enrique le aclaró lo que significaba manducarse a una pimpolla, le explicó cómo se hacía y junto con anunciarle que los diecisiete años era la edad justa para acostarse con una mujer y que si no lo hacía pronto se expondría a que el abuelo y el papá lo creyeran «marica», lo llevó a una casa venida a menos en la calle Licantén.

Alguien a quien Agustín no alcanzó a distinguir en la oscuridad de la noche les abrió la puerta y los condujo por un pasillo largo y muy angosto, cuyas paredes olían a humedad. Al final había una pieza llena de humo y de moscas. Un caballero vestido de mujer tocaba el piano y unas muchachas alegres y chanceras fumaban y bebían ponche. Enrique se acercó a una de ellas (obviamente la conocía de antes) y se la presentó a Agustín. Era una mujer de pelo largo, alborotado y rizoso, grandes senos, ajustadísima falda de seda roja, piernas finas y todavía bien torneadas, por lo menos veinte años mayor que él, quien entre pitada y pitada de su cigarrillo en boquilla de plata, le dijo que por diez mil pesos lo dejaba en el cielo, «de un paraguazo, mi corazón».

Agustín, que estaba aterrado, pero lo disimulaba muy bien, se dejó conducir a la pieza de la dama y una vez adentro se encerró en el baño con el pretexto de sacarse la ropa. Y ahí frente al espejo, a pesar de todos los consejos impartidos por el papá a lo largo de sus diecisiete años, lloró.

—¡Ya pues, mi corazón, no me haga esperar tanto! —le gritaba desde la pieza la mujer de la falda roja (ahora sin falda ni nada).

—Ya voy —balbuceaba Agustín cada vez más asustado.

—¿Le pasa algo, mi corazón?

—No, nada —respondía él disimulando los sollozos.

Media hora más tarde se animó a salir del baño y al verlo aparecer la dama exclamó:

—¡Pero, corazón, si usted sigue con la ropita puesta, mi ángel, si no se ha desvestido para su Lucha ni nada! Venga para acá, mi pobre cosita, si lo que tiene es miedo, ¿verdad? ¿No lo habían desflorado antes, querubín? ¿No me quiere mostrar su pirulita? ¡No se preocupe! La Lucha lo entiende todo, voy a vestirme y conversamos, ¿quiere?

Dicho esto la Lucha, que resultó ser una tierna persona y comprensiva como una madre, lo hizo sentarse al borde de la cama, le regaló una barra de chocolate que sacó de debajo del colchón —quizás la guardaba allí para ir endulzándose la vida en la medida en que cumplía con su tarea—, le secó las lágrimas con un kleenex manchado de lápiz labial y luego de escucharlo hablar de sus timideces y temores y de las exigencias varoniles que le imponían el papá, el hermano grande y el abuelo, le dio el siguiente consejo:

—Cuando su papá y su hermano y su abuelo le pregunten si se hizo hombre y quieran saber qué fue lo que hizo conmigo, usted les va a decir que sí y les va a contar que la Lucha lo agarró de acá, mire, y que le bajó los pantalones y luego los calzoncillos y lo tiró amorosamente encima de la cama, así, mire, y que después hicimos el salto del águila, el mono revuelto y la cucharita. ¿Me entiende, mi corazón? Eso les va a decir. Repita conmigo para que no lo olvide: el salto del águila, el mono revuelto y la cucharita.

Agustín abandonó el cuarto sin tener la menor idea de lo que significaban el salto del águila, el mono revuelto y la cucharita, pero cuando el papá, el hermano grande y el abuelo le preguntaron si se había hecho hombre, él siguió el consejo de la Lucha y les describió las posturas tal como le había enseñado la tierna mujer. El papá abrió la boca lleno de admiración, palmoteó a Agustín en la espalda, «me siento orgulloso de ti, déjame darte un abrazo ¡tigrazo!», y luego de apretarlo con fuerza y emoción, le dio plata para que se fuera a tomar unas cervezas.

Dos semanas más tarde Agustín regresó al prostíbulo de la calle Licantén.

—¿Está la Lucha? —preguntó en la puerta al rostro que no veía y que estaba tras la oxidada rejilla del ventanuco.

—Esperándolo, mi corazón —le dijo esa voz que reconoció de inmediato.

Una vez pasada la prueba de fuego, cuando ya estuvo seguro de que nadie lo iba a creer «marica», pero mucho más importante que eso, cuando ya sabía que su atributo respondía, y la Lucha le había enseñado posturas aún más complicadas que el salto del águila, el mono revuelto y la cucharita, Agustín se lanzó a la segunda etapa de ser hombre y entró a la universidad. No por crecer espiritualmente ni por cultivarse, sino para obtener un cartón que le permitiera moverse en el mundo de altas exigencias de una sociedad donde no hay tiempo para elaborar las penas y los dolores y sólo hay tiempo para ganar plata. Es la cultura del éxito, donde se valoran más el hacer y el tener que el sentir. Desde niño su padre lo preparó para esta etapa:

Lección número tres:

TIENES QUE SER EL MEJOR EN TODO. SI NO ENTRAS A UNA CARRERA TRADICIONAL, VAS A SER UN DON NADIE.

Le metieron en la cabeza que una profesión bien remunerada era la única manera de tener éxito. La vez que le dijo a su padre que la economía no le interesaba, que prefería estudiar filosofía, el papá dijo: «Con esa porquería de profesión te mueres de hambre». La vez que se sintió solo y deprimido y fue a ver a un médico, el papá comentó: «¿Depresión? Así llaman ahora a la flojera». Aparte de interrogarlo por su hombría, las únicas otras dos preguntas que su papá le hizo entre los diez y los diecisiete años fueron: cómo te fue en el colegio y qué nota te sacaste. Y la única vez que se acercó a su padre para decirle que tenía un problema, el hombre le dijo: «qué problema puedes tener tú a estas alturas de tu vida». Hubiera deseado responder que los problemas de un adolescente, pero no dijo nada.

Con las frases de su padre resonando en sus oídos, Agustín entró a la universidad tras el cartón. Esos años estuvieron cargados de tensiones. Eran años fundamentales, en los cuales era preciso construir las bases de lo que la sociedad patriarcal ha diseñado como una «vida exitosa». Entre los veinte y los treinta y cinco debió concentrarse en estudiar, encontrar trabajo, casarse y fundar una familia.

Tendría que haber sido la etapa más linda de su vida. Era joven, estaba empezando a vivir, su curiosidad se mantenía intacta, contaba con la mejor salud que tendría en toda su vida, estaba enamorado y lleno de esperanzas. Sin embargo, el período comprendido entre los veinte y los treinta y cinco años fue uno de los más difíciles, uno de los más desdichados. ¿Por qué? Porque gran parte de lo que le ocurría en esa época de la vida se contradecía con el rol que le había asignado la sociedad. Su papel en esos primeros años era afiatarse, hacerse rico, tener éxito en su trabajo, «si no soy gerente a los treinta y cinco estoy frito», «si no tengo casa propia a los cuarenta, soy un fracaso», «si no puedo comprarme un auto nuevo no sirvo para nada», «si no gano este concurso ahora, nunca voy a ser un escritor famoso»... Paralelamente a estas preocupaciones le estaban ocurriendo cosas de suma importancia: estaban naciendo sus hijos, su mujer lo necesitaba junto a ella, «porque ésta es una empresa de a dos, Agustín, las reuniones pueden esperar hasta mañana pero los niños, no. Estoy harta con las reuniones de tu oficina, tus llamadas a última hora y que no me ayudes en nada, yo no puedo cargar sola con el buque...»

Lo tiraban de un lado y del otro. El papel estelar de la vida de un hombre nunca ha sido la paternidad, no en este tipo de sociedad; el papel estelar de Agustín se cumplía en su trabajo. Allí es donde se encontraba su hueco. ¿Cómo iba a estar preocupado de los pañales del recién nacido y de si faltaba o no faltaba Hipoglós si su tarea era abrirse paso hacia el éxito? ¿Cómo iba a tener tiempo para acompañar a su mujer en problemas domésticos («hay que llamar al fontanero porque si no, la casa se va a inundar») cuando en esta etapa de la vida lo que se esperaba de él era que juntara plata para pagar la dichosa casa, se inundara o no se inundara?

—Estar casada contigo es como estar casada con una piedra. ¿Para qué tenemos hijos si no te importan?

Le importaban, pero no podía perder el tiempo con ellos... («perder el tiempo»).

—¡Desalmado! —gritaba ella.

—¡Estúpida! —le gritaba él de vuelta.

Después hacían el amor y se perdonaban todo, pero paulatinamente la planicie de sus relaciones se fue convirtiendo en un terreno pedregoso y fue entonces cuando a Agustín ya no le pareció tan atractivo haberse hecho «hombre» con la Lucha y haberse empeñado tanto en casarse y formar una familia. Comenzó a pensar con cierta nostalgia en los tiempos en que su atributo era para orinar y para nada más y él era un niño sin más responsabilidades que las de jugar y andar en la bicicleta que se compró mostrándole la pirula a la amiga con pecas de su hermana Guadalupe.

De pronto se encontró enfundado en un traje gris, una camisa blanca, una corbata apretada al cuello (como estrangulándolo), sentado todo el santo día en una oficina de tres metros por tres metros, a la que llega poca luz del sol, aprendiendo las mañas para ganar más plata y liquidar a sus competidores. Regresaba a la casa y ahí le tocaba el llanto de los chiquillos y las quejas de su mujer, «nadie me ayuda, soy la empleada de medio mundo». Al día siguiente enfrentaba con gesto adusto la Costanera hacia el trabajo y comenzaba otra vez el ciclo de otra jornada de estos años difíciles y complejos.

Parte de la complejidad de esta etapa en la vida de los hombres reside en que no sólo deben trabajar denodadamente para obtener el tan ansiado «éxito», sino que deben decidir qué es lo que constituye un éxito para ellos. No es una decisión fácil. Tampoco lo fue para Agustín. En alguna parte muy profunda de su ser, empezó a identificar este período con un abismo. Temía despeñarse y caer en un atolladero del cual luego no podría salir. Entonces recurrió a Alicia, haciéndola partícipe de unos proyectos más bien disparatados en los que ni él mismo confiaba, unas ideas locas que andaban golpeando su cabeza como manotazos de hombre que se está ahogando...

—Vámonos de aquí, Alicia, vámonos a vivir a Chiloé, a Alaska, a cualquier parte lejos, cambiemos de vida, hagamos una vida más sencilla, en el campo, fuera de la ciudad, tú, los niños, yo... He pensado que podríamos vender la casa, salir de la deuda y con lo que nos sobre comprar los pasajes y empezar de nuevo en otra parte, en un lugar tranquilo, alejado, con otra escala de valores, donde lo importante no sean las cosas que podamos comprar, sino nosotros mismos, y los niños, no sé...

—¡Te volviste loco!

Lo peor que podía sucederle en esos momentos era que su mujer no lo apoyara...

A los cuarenta y ocho años, más o menos, y después de una larga y costosa carrera de empujones, dudas, deudas, decisiones tomadas a media noche, una quiebra relativamente seria, de la cual logró recuperarse (gracias a la ayuda del suegro), largos insomnios y penas y también satisfacciones, Agustín había alcanzado lo que hoy se llama «éxito». «Le ha ido estupendamente bien», comentaban las amigas de su mamá y las hermanas de Alicia haciendo caso omiso de las noches sin dormir, la panza que ya no podía disimular, la angustia que le producían los ascensores, la bronquitis crónica resultado del paquete de cigarrillos diarios, los enemigos que se fue haciendo en su camino al éxito, el Valium 10 que debía tomar todas las mañanas para poder funcionar, el tic nervioso que se le quedó pegado desde que los Fidelity cayeron al suelo y lo endeudaron por tres años... Le ha ido «estupendamente bien». Era rico, muy rico, dueño de edificios, poseía tres compañías y era accionista de otras. Ya había pagado con creces su primera casa y había comprado otra más espaciosa, con piscina y un bello jardín.

Se iniciaba un período tranquilo de su vida. Una llegada a puerto. Las cosas comenzaban a encajar, la gente lo respetaba, se sentía seguro, se sentía triunfante. Fue la época más feliz para Agustín. El tiempo parecía haberse detenido en una grata estación. En esos momentos fue más tierno, más cariñoso, mejor amante. Tenía tiempo para divertirse un poco. Se había consolidado su rol en la sociedad y, de tarde en tarde, cuando se hallaba solo consigo mismo en su escritorio, levantaba su vaso de whisky y brindaba en silencio por la Lucha que lo hizo hombre aquella segunda vez en el prostíbulo de la calle Licantén.

Lástima que este período de bonanza espiritual y física no dura demasiado. Los sicólogos que han estudiado el tema del comportamiento masculino están de acuerdo en que entre los cuarenta y cinco y los cincuenta y cinco años, más o menos, los hombres sufren una crisis que puede resultar muy dolorosa. Los urólogos la llaman *andropausia,* los sexólogos le dicen *viropausia,* que viene a ser como una pausa de la virilidad. Les viene a todos. A Agustín también le pasó. Súbitamente se sintió dominado por el imperioso impulso de cambiar, cambiar de todo, de señora para comenzar, de país, de profesión, de estilo de vida. Quería quemar las naves, comprarse una moto, hacer otras cosas. «Le vino la loca», decía Alicia, pero no era la loca, sino la «menopausia masculina», como se le llama más habitualmente. La idea de la muerte, algo en lo cual jamás se le había ocurrido pensar, se le hacía cada vez más patente. Un día hasta la vio. Esa vez apareció por la casa pálido y tembloroso. Había pasado la tarde en un campo cerca de Santiago, algo que últimamente hacía con fecuencia. Iba caminando por un potrero cuando, de pronto, sintió el canto de una lechuza. Alzó la vista asustado y ahí estaba la vieja, toda vestida de negro, con una larga cabellera blanca (como la *banshee* de Irlanda) emitiendo unos extraños lamentos y meando encuclillada junto al tronco de un manzano. Quedó paralizado de espanto, sin poder moverse para atrás ni para adelante, convencido de que había llegado su hora y de que la vieja había venido a buscarlo. A los pocos minutos la visión se esfumó y Agustín corrió como perseguido por el diablo (o por la muerte) hasta su auto que se hallaba estacionado en una alameda cercana.

—Y tú pretendes que yo crea esa historia.

Alicia ya estaba cansada con los cambios de humor, los decaimientos, las imaginaciones y esas súbitas tristezas que le venían a su marido.

—Me arrancaría de todo —le dijo Agustín un día, tarde en la noche.

—Pero de qué te arrancarías, Agustín, de qué exactamente...

—De todo...

Ni él mismo sabía exactamente de qué. ¿De la muerte que percibía por primera vez en su vida como algo que también le ocurriría a él? ¿De esa sensación de haber llegado a lo más alto de su escala profesional, tener la llave del baño del presidente de la empresa (que era él), contar con dos secretarias y con un portero que le abría la puerta cuando llegaba a la oficina, poder comprar todas las cosas que quisiera, poder viajar a cualquier parte y encontrarse con que nada de eso lo hacía feliz? ¿De su esposa, su Alicia a la que un día quiso con pasión (hasta con un poco de locura) y que ahora encontraba insípida, con gusto a nada, bastante latera y no tan atractiva como entonces?

De todo eso. De él mismo, quizás. Se sintió solo, inútil y deprimido. «No sirvo para nada», declaró por fin y se puso a llorar, escondido eso sí, porque por encima de su «menopausia» y de su tristeza todavía resonaban en sus oídos las palabras de su padre cuando niño: «hombre que llora es maricón».

Aun cuando la menopausia masculina es un hecho que nadie se atrevería a negar, sigue sin aparecer en la mayoría de los textos médicos. Y debería aparecer puesto que se trata de uno de los períodos más difíciles en la vida de un hombre. Frases como: «lo que pasa es que a esta mina le vino la menopausia y por eso anda tan histérica. Yo te dije que contratáramos a una cabra joven y no a esta vieja menopáusica que necesita que le midan el aceite...» son afirmaciones despectivas que ningún varón debería atreverse a pronunciar porque la «menopausia masculina» también existe, es un período muy difícil de atravesar y nadie se burla de ello.

En su andropausia, los hombres entran en una inquietante etapa en la cual se sienten dominados por el impulso de llevar otra vida, irse de la casa, comprar un auto deportivo, cambiar de mujer. Es entonces cuando sobrevienen las conocidas rupturas matrimoniales de los veinte años. Matrimonios que parecían muy sólidos se vienen repentinamente abajo. Algo ocurre en esos momentos que deja al hombre ensimismado, cabizbajo, triste, enfrentado a su mortalidad, a la aparición de la vejez; y entonces se aterra y detiene en seco su carrera, como caballo desbocado que de repente se encuentra con una vara que alguien le ha atravesado en la ruta; hace un alto y vuelve la cabeza. Mira a todo lo largo del camino que ha recorrido y ve los trabajos de los cuales siempre creyó que iba a ser despedido, los amores en los cuales se ahogó, las pocas noches sueltas que lo redimieron, los riesgos que no se atrevió a tomar, los rostros de sus hijos que ya no son los hijos de nadie, sino los padres de otros hijos. Ve todo lo que rechazó, lo que escogió mal, lo que no vio pasar por su lado y vuelve la cabeza hacia el extremo opuesto del camino y divisa un trecho corto, cortísimo. Ya no hay trabajos que aceptar, ni nadie a quien rogarle nada. Las mujeres han ido desapareciendo de la vida de todos, partiendo por la de ellas mismas. Algunas están ahí, pero se ven apagadas y viejas, y las jóvenes ya no pueden alcanzarlo y él no puede devolverse. Ya van quedando pocas cosas por delante. Casi ninguna que realmente le interese. Sólo el maravilloso mundo de la memoria y ese trecho, el último, que va a dar a un abismo. Se niega a continuar, no quiere acercarse al precipicio. Debe retroceder o hacer como que retrocede (no se puede volver atrás y él lo sabe). Le gustaría alejarse de aquel despeñadero, pero ¿cómo? No hay manera de hacerlo, es imposible, la esencia del ser humano radica precisamente allí, en que sabe que va a morir y tiene conciencia de ello; no es como los demás animales que pasan por la vida ignorando su final. Él lo sabe, pero se resiste a aceptar esa realidad.

Hay mujeres que se habrían evitado una serie de tristezas de haber entendido a tiempo que lo que necesitaba su marido no era irse a un santuario hindú y dedicarse a meditar por el resto de sus días, o encerrarse en la isla Juan Fernández a escribir la novela de su vida o escalar el Himalaya, sino que ella tuviera un poco de paciencia con él (paz y ciencia) porque estaba atravesando por la menopausia masculina...

A los hombres todavía les molesta reconocerlo:

—¿Estás loco, viejo? ¿Menopausia masculina? ¡Ni que uno fuera colipato!

—Te digo que es así.

—¡Pero de dónde sacaste esa estupidez!

—De un libro de sicología que compré en Nueva York.

—Escrito por una de esas gringas locas tiene que ser, una de esas feministas de mechas tiesas que andan inventando cosas...

Lamentablemente no se trata de un invento de feministas locas de mechas tiesas, sino de un hecho de la vida de los hombres, de todos los hombres, de los «gringos» desde luego, también.

Los estudios que se han realizado sobre el tema de la «menopausia masculina» dicen que hay dos tipos de hombres que superan mejor la crisis: los que tuvieron una infancia difícil y han estado en contacto con una realidad dura desde el punto de vista emocional, económico y físico y por ende están mejor capacitados para hacer frente a la adversidad. Y los que tienen pocos pasivos y pocos activos, es decir los que no son tan ricos.

Esta etapa, como todo, pasa. «No hay nada más bello en el mundo que un hombre cuando ha resuelto la crisis de su madurez», escribió el doctor Peter Brill, del Centro para el Estudio del Desarrollo Adulto de la Universidad de Pennsylvania.

¿Y, ahora, qué? Bueno, ahora viene otro cuento que tampoco suele ser fácil para los pobres hombres: la jubilación.

La jubilación es un concepto relativamente nuevo. Antes, un jubilado era una persona que ha tratado de acostumbrarse a vivir sin comer y cuando está punto de lograrlo, muere. Hoy un jubilado es un hombre de entre sesenta y dos y setenta años que ha ganado suficiente dinero como para dejar de trabajar, quiere gozar de su prestigio, viajar con su mujer, levantarse tarde y sobre todo, librarse de un infarto al corazón por el exceso de estrés.

Agustín hizo estas mismas reflexiones y cuando cumplió sesenta años le dijo a Alicia:

—Se acabó.

—¿Qué se acabó?

—Se acabó esta vida de locos llena de reuniones, malos ratos, noches sin dormir, Valium 10, un paquete de cigarrillos diarios... Me jubilo.

—...

El silencio de Alicia es elocuente. Con razón se dice que el éxito de un jubilado depende de la paciencia que tenga su mujer para aguantarlo todo el día metido en la casa sin hacer nada.

—¿No te parece una buena idea?

—Sí, sí me parece, pero ¿qué vas a hacer?

La mayoría de los hombres entiende la jubilación como la época de su vida en que van a poder hacer aquellas cosas para las cuales nunca tuvieron tiempo mientras trabajaban: pasar ratos largos con la familia, jugar golf, leer, cuidar el jardín, viajar. Cuando Agustín, a pesar de las aprensiones de Alicia, se instaló todo el día en ese lugar que conocía de pasada, su casa, y trató de hacer estas mismas cosas, no le resultó ninguna. La familia ya no existía, es decir existía, pero ninguno de los hijos vivía en la casa. «Lo siento, papá, ya no me conociste», quiso decirle su hija, pero no le dijo nada. Jugar golf le resultó sólo un par de meses. Con su espíritu competitivo se extenuó de tal forma intentando ganarle al ex campeón sudamericano que el doctor lo conminó a abandonar los palos.

—Si no puedes entender que las canchas no son la Bolsa de Comercio, tendrás que dedicarte a otra cosa o sufrir un infarto en el *green.*

Entonces trató de leer, pero ¿qué iba a leer? ¿Por dónde empezaba? No había leído más que un best-seller de Harold Robbins, una novela de Agatha Christie y *El Anticristo* cuando se enamoró de Julia y le vino la crisis existencial. Resultaba absurdo dedicar la jubilación a algo que nunca antes le había interesado.

Su jubilación se presentó, desde el comienzo, como un fracaso. Andaba por la casa como ánima en pena sin saber matar el tiempo, detestando la lentitud de las horas y la indiferencia con que Alicia continuaba su vida de siempre.

—Te vas a oxidar, viejo. Los analistas han llegado a la conclusión de que un jubilado vive menos que un hombre que trabaja hasta el final. Mueren de tristeza —le dijo su amigo Enrique, y ese mismo día Agustín decidió que de las cuatro amantes que había tenido en su vida de casado la más seductora era su trabajo y volvió a la oficina.

Unos años más tarde llegó la vejez. El tiempo apremiaba, los días eran cada vez más cortos. Agustín volvió a sentirse indefenso, y aunque todo debió darle lo mismo porque su vida se iba yendo de su memoria y de su cuerpo, no le daba lo mismo. Dicen que para un viejo la sabiduría consiste en aceptar resignadamente sus límites, y como Agustín no los aceptaba, se ponía a llorar.

Una tarde apareció la vieja parecida a la *banshee* de Irlanda (esta vez no era producto de su imaginación) y se le sentó a los pies de la cama lanzando sus gemidos lastimeros. Ahí se quedó un rato largo y cansador, hasta que el último lamento de la *banshee* se confundió con el último suspiro de Agustín.

III

SECRETOS FUNDAMENTALES

III. Secretos fundamentales

Como hemos visto, a pesar de todos los cambios sociales de nuestra época el machismo sigue tan vigente como hace diez mil años, y teniendo claro que parte de la responsabilidad es de las mismas mujeres, puesto que ellas se lo inculcan a los hombres desde pequeños, resulta indispensable —si queremos sobrellevar esta lacra con dignidad— poner en práctica los eficaces consejos que exponemos a continuación:

- Confiar en las neuronas
- Tener un amante ecologista
- Cometer por lo menos una locura linda
- Sacudirse las culpas
- Encontrar el marido ideal
- Enamorarse hasta la muerte
- Saber envejecer
- Morir con la conciencia tranquila

• Confiar en las neuronas

Desde tiempos inmemoriales, se baraja la idea de que los hombres funcionan en el nivel de las ideas, de las decisiones, del razonamiento, y las mujeres en el nivel de las emociones. Para ellos, el mundo del pensamiento; los sentimientos para ellas. Las neuronas y todo su universo inteligente para ellos; para ellas, las hormonas y sus variaciones de acuerdo al clima, a la edad, al ánimo, al ciclo menstrual y a si la abandonó o no la abandonó el novio.

—¿Quién es el piloto de este avión? —pregunta un yuppie a su socio antes de subir.

—Una mina. No sé cómo se llama.

—¿Una mina? ¡Yo no me subo!

—Pero, qué te pasa, si dicen que sabe.

—¿Estás loco? Toca que le viene la regla en el aire o se descontrola o le da un ataque de nervios o se acuerda del novio o cualquiera de esas huevadas que les pasan a las minas y el avión se cae. Yo no me subo.

—No seas tan machista, hombre —le dijo el otro.

—Si no es que sea machista. Al contrario, yo soy lo menos machista del mundo. Lo que pasa es que no entiendo este afán de las mujeres de ahora por enredarse en cuestiones de hombres. ¿Para qué quieren fregarse la vida y fregársela, de paso, a uno? Ponerlas a cargo de un banco, de una financiera, de un hospital, de un jumbo, de cualquier empresa de hombres, es una locura, viejo. No saben cómo manejarse, al primer problema se ponen a llorar o les viene la regla... Alicia, por ejemplo, ¿tú crees que a ella le gustaría mucho andar piloteando un Avianca? ¿La ves esquivando corrientes de aire a diez mil metros de altura, interpretando los altímetros, a cargo de doscientos pasajeros, con esos nervios a flor de piel que tiene y esas manos tan delgadas? ¿La ves tratando de enderezar a un jumbo?... Yo no me subo.

Y no se subió.

Las mujeres no pueden ser pilotos de líneas comerciales porque les van a fallar los nervios; no pueden ser cirujanas en los quirófanos porque las van a traicionar las manos; no pueden dar la comunión, como los curas, porque san Pedro podría molestarse, no pueden ser presidentas del país, ni siquiera del banco, porque a la hora de tomar las decisiones importantes les va a temblar la voluntad.

Goethe lo dijo con más poesía: «La casa del hombre es el mundo, el mundo de la mujer es la casa».

Tanto se ha majadereado con la idea de que las mujeres no funcionan bien en el nivel de las ideas y de la toma de decisiones, que no saben concentrarse en una sola cosa, que a la hora de mandar no saben poner de lado sus emociones, tanto se ha dicho que el gran capital de la mujer son sus hormonas y que sus neuronas lucen mejor de adorno, que nosotras mismas hemos terminado creyéndonos el cuento.

—¿Tienes una entrevista con el ministro?

—A las cuatro.

—¿Y qué te vas a poner?

—El traje sastre verde, ¿te parece apropiado?

—Pero ése es muy pavo, mujer, no se te ve nada, ponte algo más sugestivo, no sé, que se te asome un poquito el pecho, dicen que el tipo es verde como un pimiento...

Como si para hablar con el ministro fuera más importante lo que una se va a poner que lo que tiene que decirle.

No hay para qué guiñarle el ojo al ministro, ni mostrarle la pierna al general, ni ponerse trajes escotados para ir a la reunión con el empresario. Basta con hacer funcionar bien las neuronas, que para eso están.

Después de cincuenta y tres años vagabundeando por este planeta he llegado a la conclusión de que da lo mismo lo que una haga y cómo lo haga. En cuanto el trabajo de una mujer deba pasar el examen masculino, siempre correrá el riesgo de ser descalificado. El fuerte de los varones nunca ha sido apreciar el trabajo de las mujeres. Donde puede verse claramente esta tendencia es en el caso de las escritoras latinoamericanas que forman parte de lo que ya se está llamando «el boom de las mujeres». Los libros de Fanny Buitrago, Ana Lydia Vega, Ángeles Mastretta, Isabel Allende, Laura Esquivel, Gioconda Belli, Rosario Ferré, Margo Glantz, Diamela Eltit, Ana Castillo, Sara Sefchovich, Luisa Valenzuela, Marcela Serrano, Pía Barros, Cristina García, Marta Cerda, Zoé Valdés, Ana María del Río, Sandra Cisneros, Guadalupe Loaeza, Elena Poniatowska, Elena Garro, Lucía Guerra, Cristina Pacheco, Esmeralda Santiago, Sandra Benítez (por nombrar a unas pocas), se venden en Latinoamérica y en Estados Unidos más que los libros de casi todos los escritores que están publicando al mismo tiempo. La obra de Laura Esquivel, toda la obra de Isabel Allende, la de Ángeles Mastretta, la de Sandra Cisneros, la de Elena Poniatowska y la de Zoé Valdés, por ejemplo, han sido traducidas a varias lenguas. *Mal de amores,* de Ángeles Mastretta, ganó el premio Rómulo Gallegos. *Paula,* de Isabel Allende, ha sido uno de los libros latinoamericanos más vendidos en Estados Unidos. Las novelas de Zoé Valdés han sido premiadas en Francia. *Como agua para chocolate,* de Laura Esquivel, se mantuvo treinta y nueve semanas en la lista del *New York Times Book Review.* Pocos libros mexicanos han tenido más aceptación del público que éste; sin embargo, algunos críticos de ese y de otros países latinoamericanos, señores muy engolados, pomposos y sabios, los conocidos santones de lo que debe y no debe ser en literatura, lo tildaron de «literatura *light*».

De *El albergue de las mujeres tristes,* la cuarta novela de Marcela Serrano (otra escritora de mucho éxito entre los lectores y a la cual los críticos han negado la sal y el agua), algunos críticos reconocieron que estaba bien escrita, pero le recomendaron cerrar una etapa y cambiar de tema (el tema de Serrano, hasta ahora, ha sido la mujer). Los hombres, en general, no enganchan con lo que escriben las mujeres y al no enganchar caen en descalificaciones que muchas veces no se sostienen. Como ocurrió con la escritora italiana Susanna Tamaro y su best-seller *Donde el corazón te lleve,* que vendió seis millones de ejemplares (en todo el mundo) en cuatro meses: algunos críticos la descalificaron diciendo que la novela adolecía de lugares comunes. Algo por el estilo pasó también cuando *Mal de amores* ganó el premio Rómulo Gallegos. No faltaron los literatos que no atreviéndose a descalificar el libro abiertamente (mal que mal, el premio Rómulo Gallegos es uno de los más importantes del mundo hispano), dijeron que la novela estaba muy bien, pero intentaron restarle méritos agregando que era «folletinesca».

Es claro que si el público está leyendo con interés los libros escritos por las mujeres no es porque los libros sean malos y el lector masivo sea estúpido, como insinúan algunos críticos, sino porque las escritoras están tocando una fibra importante de los lectores. El mundo femenino es importante para muchas personas, cómo no va a serlo si más de la mitad de la humanidad es mujer.

Lo único que debe hacer una escritora para sobrevivir al embate de sus aristarcos (o aristarcas, porque muchas veces los embates vienen de las literatas) es seguir escribiendo lo mejor posible, como quiera hacerlo y sobre lo que a ella le guste, no sobre lo que recomienden los críticos.

Una mujer está tan bien dotada para escribir una buena novela como un hombre lo está para fabricar un buen guiso en la cocina. Y también puede pilotar un avión. O impedir una guerra. ¿Por qué no? A veces me detengo a pensar en algunas de las cosas que han hecho los varones con el poder, con sus neuronas, con sus decisiones y con su capacidad de razonamiento, y no me parece que sea algo de lo cual podamos sentirnos tan orgullosos... Las cenizas de los campos de concentración donde se asesinaron en cámaras de gas a seis millones de seres humanos, las huellas de las dictaduras militares de Latinoamérica que torturaron e hicieron desaparecer a otros tantos miles de seres humanos, los sistemas políticos corruptos cuyos presidentes terminan su gobierno abandonando el país cargados de oro y crímenes y acaban sus vidas cómodamente sentados bajo un cocotero en alguna isla del Pacífico, las guerras completamente innecesarias y crueles como la de Vietnam, las masacres más recientes, como aquella de la comunidad de Acteal en Chiapas, donde sesenta paramilitares con rostro cubierto por pasamontañas negros destrozaron de la manera más bestial, con machetes y balas expansivas, a cuarenta y cinco indígenas tzotziles, diez hombres, veintiuna mujeres, trece niños y un recién nacido...

Tal vez la humanidad habría pagado un precio más bajo de haber sido gobernada con un par de cojones menos y un par de ovarios más.

• Tener un amante ecologista

Tener un amante casado con otra mujer es uno de los peores dolores de cabeza que se puede autoinfligir una mujer. Es la jaqueca del alma. Aparte de que resulta violento y triste, casi siempre terminan siendo relaciones truncadas, mentirosas, amén de clandestinas. La luz del día no se hizo para los amantes. Pero, claro, si ella está sola, y anda por la vida amargada viendo parejas felices en cada esquina, y los sábados va a la matiné sin compañero (porque no tiene) y regresa a la casa en bus (porque tampoco tiene auto); o se queda en la casa (porque no tiene plata para ir al teatro o no desea encontrarse con todos sus amigos en pareja), acompañada por Don Francisco —quien para más remate está en Miami— y una vez que termina Sábados Gigantes deambula de pieza vacía, en pieza vacía (porque el ex marido se ha llevado a los niños por el fin de semana), restregándose las manos y tratando de no pensar... Cualquiera entiende que en medio de aquel abatimiento, y vulnerable como está, se enamore del primer cavernícola que le guiñe un ojo y que un día, casi sin darse cuenta, despierte con el amante al lado.

O si la mujer está casada con uno de esos

hombres atrapados en los billetes, las reuniones y la hoguera de las influencias, un marido inoperante y de ficción que sale de la casa a las ocho de la mañana bien tieso, bien planchado y pasado a Eau Sauvage y no aparece de vuelta hasta tarde en la noche (nunca queda muy claro de dónde viene), se sumerge en las páginas del *Newsweek* en español e instala un muro de silencio entre su agotamiento y la señora..., en ese caso también es comprensible que el día menos pensado esa mujer se separe y una mañana despierte en otra cama... Porque, para qué estamos con cuentos, hay una pila de hombres de los cuales una tiene más ganas de salir arrancando que de otra cosa. Un marido culto, sensible y tierno, leal hasta más allá de la muerte, como Pereira, está macanudo.(*) Pero ¿qué hace una mujer si le toca un intelectual arrogante y pomposo de los que toman la palabra con voz arrastrada y dictan una cátedra? ¿O el varón del celular que hoy en día es cada vez más frecuente? ¿Quién quiere seguir casada con un tipo que anda hablando por el celular en los restaurantes, en el auto, en las esquinas, desde el baño de la casa, hasta en la hora del amor?

—Espérate un poco, linda, perdóname, pero me está llamando Pérez por el celular —le dice levantándose de un salto de la cama, y la deja a medio camino entre la pasión y la furia, y

(*) Tabucchi, Antonio, *Sostiene Pereira*, Anagrama, Barcelona 1997.

cuando regresa (tres minutos más tarde, después de haberle dicho a Pérez que está bien, que compre 1.500 Fidelity), a ella se le han enfriado el cuerpo, el alma y los pensamientos.

El varón del celular es matapasiones y suele ser un marido hiperkinético, maleducado, trabajólico, atropellador. Un hombre que no sabe apagar su celular en una reunión social, o en el dormitorio, o en un cine, o en un restaurante, es un tipo que tiene toda clase de problemas y con el cual no hay que hacer nada más que negocios, y a veces ni siquiera eso. Si le toca uno de esa laya, ¿quién podría criticarla porque el día mejor pensado se separe de él?

Por cualquier motivo la vida puede llevarla a los brazos de un amante, porque se ha casado mal, porque no le queda otro remedio para combatir la soledad o porque ocurre que se enamora como idiota del hombre equivocado. Por las razones que sea puede verse metida en la aventura de un amante, y qué se le va a hacer... Pero trate, en lo posible, de que sea un amante ecologista.

En este país, como en casi toda Latinoamérica, donde un cincuenta por ciento de los potenciales «candidatos» están dedicados a hacerse millonarios y el otro cincuenta por ciento a resultar elegidos en la próxima elección, es difícil encontrar un hombre lindo con manos de pianista y corazón de poeta, que no tenga interés en arrasar con los bosques para acumular la misma plata que Forbes, ni en degollar salmones para aspirar a un departamento en la torre de Trump, ni en poseer más dinero para comprarse un Porsche y una Station Subaru Out Back a la señora. Pero debiera ser posible hallar a alguno que valga la pena. Me resisto a creer que todos los chilenos, argentinos colombianos, peruanos, mexicanos, venezolanos, uruguayos, panameños, etc., se hayan vendido a la vanidad del exitismo y al oro yanqui, así que no se desespere. Ya lo encontrará. Y cuando se tope con uno de voz sencilla (no engolada ni llena de groserías), que nunca diga frases como ésta: «Qué te parece, huevón, yo te dije, huevón, los bonos en la bolsa de Nueva York subieron, huevón, bendita cueva la que tengo, huevón», que la mire directo a los ojos y le cuente que está más preocupado por la salud del planeta que por la salud de la bolsa de Nueva York, y que el Dow Jones y los ADR no sólo no lo hacen feliz, sino que no le interesan para nada, hágase amiga de él.

Un hombre a quien le preocupa el medio ambiente, la calidad de la vida, el aire que respira y la naturaleza, resultará, seguramente, mucho más atractivo como ser humano que uno enrollado con el poder y los millones de dólares, con el status que le proporciona un teléfono celular, y para quien la dicha es un auto de sesenta mil dólares, y la felicidad, poder comprar zapatos Bruno Magli.

El amante ecologista carece de tics nerviosos, duerme sin pastillas, no tiene ninguna pesadilla con que sus fondos mutuos de Fidelity y Vanguard de Estados Unidos van bajando, bajando y bajando por la pendiente de un «jueves negro» y él corriendo, como un desaforado, detrás de sus fondos, «¡no caigan, no caigan, por favor, no caigan, Dios mío, sujétense como puedan, no me arrastren!» Y los fondos mutuos le hacen una mueca maligna y siguen cayendo y cayendo al abismo y el pobre hombre despierta sudando a chorros, a punto de darle un infarto...

—¡Qué te pasa, Agustín! ¡Estás empapado, hombre! Despierta, despierta.

—No nada, no es nada. Estaba soñando que los Fidelity se iban al suelo, ¡quedaban en cero, Alicia! ¡Lo debíamos todo! Y perdíamos la casa y nos quitaban la camioneta, y nos clausuraban la Visa, la Master y la American Express, y teníamos que sacar a Antonio y a Paulina del colegio y llegaba Fernández con la policía a buscarme y mi nombre aparecía en los cuarteles del FBI y me metían preso, ¡ay, Alicia!

—Cálmate, hombre, si era una pesadilla, toma un poco de agua...

Y el pobre Agustín se traga un sorbo de agua mientras unas lágrimas le corren por la cara y unos tiritones le estremecen el cuerpo y vuelve a poner la cabeza sobre la almohada, pero ya no se atreve a dormir...

Nada de eso le ocurrirá al amante ecologista, él andará con otro paso por el mundo, no habrá ni oído mencionar a un Fidelity, para él esa palabra sólo significa fidelidad y veracidad en inglés (justo las dos cosas de las cuales los fondos mutuos carecen). Su amante ecologista no será dueño de casi nada más que de él mismo, no tendrá deudas, ni hipotecas, ni créditos bancarios, ni pesadillas. Lo mejor de todo es que tampoco tendrá señora. Los ecologistas casados no suelen meterse en líos, así que este hombre no estará engañando a nadie (mientras más sanos de la cabeza son los hombres, menos mentirosos). Con este amante podrá andar por la luz de la mañana, respirar tranquila, ir a la matiné los sábados y algún día, ¿por qué no?, casarse con él y vivir en las montañas.

• Cometer por lo menos una locura linda

Hace unos meses, en una entrevista de prensa aparecía la siguiente pregunta que la periodista hacía a su entrevistado: «¿Tiene en mente haber cometido alguna locura impulsiva que lo haya dejado pleno de satisfacción?» Y el entrevistado respondía lisa y llanamente: «No». No se aclaraba si ese «no» quería decir que nunca había cometido alguna locura impulsiva o si las locuras impulsivas que había cometido no lo habían dejado pleno de satisfacción. En todo caso me llamó la atención ese «no» así, tan seco, tan solitario y no pude dejar de pensar: «nunca me casaría con un hombre como éste». Un hombre que declara no recordar ninguna locura impulsiva que lo haya dejado pleno de satisfacción, me llena de sospechas.

Las llamadas «locuras impulsivas» o esas cosas repentinas, sin pensarse, que uno hace, y de las cuales casi nunca se arrepiente, son la sal y pimienta de la vida. Y en general parecen privativas de los hombres. No porque las mujeres no cometan locuras, sino porque no las cuentan. Los hombres son más sueltos de cabeza y gozan recordando anécdotas que alegran su memoria.

—¿Te acuerdas, viejo, de esa vez que estuvimos en Lima, en el Puente de los Suspiros, con esas chicas preciosas y tú te mandaste a cambiar con una a un hotel de Callao y...?

—¡Claro! ¡Cómo no me voy a acordar si nos encontrábamos en plena función cuando la chica va y me dice con toda su carita de ángel: «esta noche tienes una reunión con mi tío, ¿verdad?» Y yo, acalorado como estaba, alargando las manos y los dedos, buscándola por aquí y por allá —¡era tan linda que qué iba a prestarle atención a nada que no fueran sus besos!— seguí mi camino hasta llegar al cielo. Después del amor, cuando me hallaba de espaldas pensando en que mejor deshacía mi compromiso con Alicia y viajaba, en cambio, más a menudo a Lima, la chica vuelve a decirme: «esta noche tienes una reunión con mi tío. No lo habrás olvidado, ¿verdad?» «No, esta noche cenamos con el señor Obispo», respondí aspirando el humo de mi cigarrillo.

—Claro, es que el señor Obispo es mi tío.

—¿Te acuerdas de la cara de horror con que regresaste a la mañana siguiente cuando tuvimos que ir a la redacción de un diario para averiguar cuántos años tenía la chica y menos mal que había cumplido veintiuno y ya no era menor de edad?

—¿Y tú, te acuerdas de cuando te dio por volar a ras del potrero del campo de tu abuelo y perseguir a las vacas con el avión que nos prestó Julián y esa noche las vacas se durmieron llorando y al otro día dos amanecieron muertas?

Los hombres llegan a viejos recordando alguna «locura» que cometieron cuando jóvenes y cuando no tan jóvenes, particularmente las de los viajes. Hay pocas cosas tan liberadoras para ellos como los viajes. Para una mujer, un viaje es un castigo. Las culpas no la dejan disfrutar. La casa quedó sola, los niños no tienen con quién hacer las tareas, el marido se complicará entero sin ella, quién se va a encargar de las compras...

Los hombres, en cambio, no conocen lo que es la conciencia culposa. Lejos de la casa, la mujer, los hijos y la oficina se liberan con toda soltura de cuerpo y alma, parecen crecerles alas, y hasta los más beatos echan su canita al aire. Los viajes son territorio de nadie, no-lugares, ahí no manda la mujer, ni la mamá, ni la tía Charo, ni la Iglesia. Mandan los instintos. A la vuelta todo se diluye, se esfuma, se olvida, se va. Pero la «locura» de la cual el tipo nunca se arrepiente, la que sólo aflora en el confesionario o en la camilla del siquiatra o ante los pacientes oídos de una prostituta, ésa, queda.

Por alguna misteriosa razón (que sospecho conocer de arriba abajo) a las mujeres no les está permitido salirse de madre, como se dice, ni cometer esas locuras que se guardan en los rincones tibios de la memoria. Mucho menos recordarlas en voz alta. Si a una se le ocurriera contar que cuando estuvo en Lima se acostó con el sobrino del Obispo cinco años menor, o que otra vez perdió toda la plata, o que persiguió a una vaca en un avión, o que se enamoró por carta, lo único que va a sucederle es que la van tildar de «loca». Pero, claro, si se hiciera caso de todas las veces que la tildan de «loca», la vida pasaría por otra parte... Hay que dejarse atrapar por alguna locura linda; no hay ninguna que no lo sea y me gustaría dejar en claro que no estoy hablando de pecados mortales, sino medio mortales con posibilidades de irse al cielo. Al fin y al cabo, es bueno poseer un secreto de esos que sólo se comentan con una misma, una escapadita por un rato de lo que es correcto, algo que no le alcance a dar vergüenza, pero sí un leve tiritón nervioso, algo que la única persona que entendería cabalmente es una abuela de ojos medio verdes que un día le escribió esta carta a su nieta:

«Mi querida nieta: lo que nunca te dije, pero ahora que está muerto tu abuelo no importa que te diga, es que ese caballero que encontraste tan simpático (y apuesto todavía, ¿no es cierto?) no era, como te conté, un viejo amigo de Flavián, sino la única locura que he cometido en toda mi vida y de la cual jamás me he arrepentido. Hace muchos años, cuando éramos jóvenes todavía, acompañé a tu abuelo al casino y allá nos encontramos con su amigo Leonel. Siempre me había gustado ese amigo de tu tata. Lo encontraba muy apuesto, muy distinguido y en las pocas ocasiones en que tuve oportunidad de hablar a solas con él me pareció sensible y muy inteligente. Creo que yo también le agradaba. Pero, claro, estábamos casados los dos. Esa noche, cuando lo vi en el casino y él se nos acercó sonriendo, el corazón me dio un vuelco. Estuvimos conversando un rato los tres y luego tu abuelo decidió probar suerte en punta y banca.

—Te dejo en buenas manos —me dijo.

—Anda tranquilo. Yo la cuidaré lo mejor posible —respondió Leonel.

Leonel y yo nos pusimos a jugar en la ruleta. Yo me envalentoné y aposté todas mis fichas al trece rojo. Me sentía afortunada. Leonel me siguió y puso sus fichas al lado de las mías.

—Vamos a correr la misma suerte —me dijo.

El croupier echó a correr la bolita y cuando la bolita se detuvo en el trece rojo, yo salté eufórica lanzando gritos de alegría y carcajadas. Leonel saltó conmigo. Estábamos atónitos y enardecidos. No podíamos creer que hubiéramos acertado a la primera. Me estrechó en un abrazo muy apretado y yo me abracé a él. Habíamos ganado una fortuna. Me tomó de ambas manos y se puso a dar vueltas conmigo. Volvimos a abrazarnos. Nos abrazamos una y otra vez felicitándonos mutuamente. Es decir, yo creía que nos estábamos felicitando, pero no, mi querida nieta, ahí estaba ocurriendo otra cosa. Cuando por fin nos soltamos, él me lanzó una mirada ardiente como pidiendo auxilio y yo lo miré de vuelta, y él mantuvo sus ojos fijos y yo los míos, y nos atravesó una corriente eléctrica, y la gente a nuestro alrededor comenzó a desaparecer como si alguien la estuviera borrando del mundo con una goma, y de pronto Leonel y yo quedamos solos en el salón de juego, en Viña del Mar, en Chile, en Latinoamérica y nos fuimos deslizando por el lado de la sala, lentamente, para que el encantamiento no se esfumara, y salimos del casino a la calle y en la calle buscamos un lugar tranquilo donde pasar un par de horas, ya me las arreglaría con tu abuelo, con el padre Ruiz y con mi hermana Amelia. Entramos a un hotelito que había pasada la esquina y nos dieron una pieza y esas dos horas, mi querida nieta, fueron las dos horas más gloriosas de mi vida y de mi muerte, porque todo lo que vino después fue más mortal que otra cosa, pero sólo Dios sabe que valió la pena...

Hasta el día de hoy, cada vez que me lo encuentro le pregunto: ¿te acuerdas, Leonel?»

• Sacudirse las culpas

Sea por el militarismo, el capitalismo, el catolicismo, el marxismo-leninismo, el imperialismo, el racismo, el islamismo o cualquiera de los «ismos» del machismo, o por todos juntos, lo cierto es que la mujer pasa su vida sintiéndose culpable por las cosas que hace y por las cosas que no hace... Hay un abismo entre el «yo quiero, puedo y tengo todo el derecho de hacer tal cosa» y el «tú debes hacer esto», impuesto por la sociedad. El mensaje que la sociedad moderna envía a la mujer es cada vez más contradictorio. Por un lado se le dice que debe casarse, debe seguir a su marido, debe ser fiel y obedecer sin condiciones, debe tener hijos y dedicarse a ellos, debe quedarse en la casa, ser una buena madre y preocuparse de que la casa funcione. Por otro lado se le dice que debe procurarse una carrera, ser una profesional sobresaliente, conseguir un trabajo bien remunerado (en la misma sociedad donde a medio mundo le parece normal que los salarios de las mujeres sean un cincuenta por ciento inferiores a los de los hombres), aspirar al éxito y triunfar. Y al tiempo que se le están enviando estos mensajes, se la está criticando. Si trabaja fuera de la casa, se la acusa de abandonar a los hijos. Si se dedica a ser dueña de casa y nada más, se la juzga porque no trabaja y si hace las dos cosas al mismo tiempo, se dice que debería hacer una o la otra porque al final del cuento está haciendo ambas mal...

Los hombres son dueños de su tiempo y de las cosas que hacen. El tiempo de las mujeres parece estar siempre hipotecado. Pertenece a otros, a los hijos, al marido, a sus obligaciones. Si llego tarde, mi marido se va a molestar, «y con razón, mijita», le dice la mamá machista, que siempre le encuentra la razón al yerno, así como se la encontró al papá y al abuelo y que nunca es su cómplice. (Las mamás machistas tienen pánico de que a sus hijas las abandonen, prefieren verlas fregando los pisos, antes que verlas solas buscándose otro marido.) Si me compro este vestido, no va a quedar plata para pagarle al jardinero... Si me como este pastel, voy a engordar dos kilos... Si acepto este trabajo los niños van a crecer con sentimientos de abandono... Si regreso a mi casa más temprano, en la oficina van a decir que soy una irresponsable... Si no llamo a mi hermana, se va a ofender conmigo... Si digo que no, van a creer que soy floja... Si digo que sí, van a creer que soy fácil...

A estas alturas de la historia de la humanidad, una mujer inteligente debiera sacudirse las culpas y actuar como los hombres que hacen las cosas sin ningún remordimiento, convencidos de que todo cuanto emprenden está bien o es plenamente justificable. Sin embargo, a pesar de la cacareada liberación femenina, las culpas siguen siendo una cadena que inmoviliza y no deja vivir en paz. Además, como a la mujer le ha costado llegar al cargo que desempeña, pasa la vida dando examen... que no vayan a creer que ella, por ser mujer, es menos capaz, menos eficiente o despreocupada con su trabajo, que no vayan a decir «mujer tenía que ser».

El marido, que en estos afanes sirve de harto poco, para qué vamos a decir una cosa por otra, se encarga de echarle leña al fuego lanzando esas frases matadoras que parecen no querer decir nada y que significan tú eres culpable: «como no estás nunca en la casa»... «como ayer llegué y tú te hallabas quién sabe dónde»... «¿cómo quieres que no esté nervioso este niño si pasa todo el día con la empleada?»... «oye, Alicia, ¿no crees que Antonio y Paulina van a crecer con un sentimiento de abandono si te pones a trabajar?» No es cierto que los hijos se vean afectados porque sus madres trabajan fuera de la casa. Lo que afecta a los hijos es la falta de amor y la despreocupación. Hay mamás que están todo el día en la casa y tienen a sus hijos completamente abandonados. Luego de la extensiva investigación realizada por Caryl Rivers de la Universidad de Boston, Rosalind C. Barnett, del Centro de Investigaciones sobre la Mujer, de Wellesley College, y Louis Hoffman, de la Universidad de Michigan, que incluye estudios de los útimos cincuenta años, se llegó a la conclusión de que el trabajo de las madres es un factor positivo tanto para ellas como para sus hijos y de que no había diferencia en el desarrollo de los niños por el hecho de que sus madres trabajaran.

Junto a los maridos desfilan los sicólogos infantiles quienes se encargan de aumentar los sentimientos de culpa de la mamá cada vez que le dicen que el «sentimiento de abandono» que está sufriendo su hijo se debe a que ella trabaja fuera del hogar. No le dicen nada, eso sí, de cómo se hace para pagar las cuentas sin ganar un sueldo. La mamá regresa a la casa sintiéndose culpable de que el niño hable solo y no pueda dormir. Si se ha de llevar al niño donde un especialista, mejor escoger a una sicóloga; ella entenderá el problema, porque a su hijo le pasó lo mismo y su marido le dijo las mismas frases: «como estás todo el día en la consulta», «como a ti parecen importarte más los niños ajenos...»

Los siquiatras también aportan su grano de arena a los sentimientos de culpas. Cuando un siquiatra no se siente seguro de su diagnóstico y no sabe a ciencia cierta qué es lo que tiene el niño, suele decir que sufre de un «trastorno afectivo» (que puede ser cualquier cosa), luego clava sus ojos en la mamá (nunca en el papá) y pregunta: «Este niño, ¿fue abandonado cuando chico?»

Entonces la mujer se pone a revisar las cuentas de su rol de madre. A ver si lo dejó mucho tiempo solo, a ver si le dijo «te quiero», a ver si cuando entró a trabajar pasó demasiadas horas fuera de la casa, a ver si lo pasó a buscar al colegio con suficiente frecuencia o si asistió todas las veces que debería a las reuniones de padres y apoderados, a ver si lo ayudó a hacer las tareas, a ver si fue demasiado permisiva o si, al contrario, fue rígida, ¿supo rayarle la cancha?... Y mientras ella revisa el historial de sus culpas, el padre se limpia las uñas con un palito de fósforo y de vez en cuando le dirige una mirada que quiere decir: «¿no te dije?»

• Encontrar el marido ideal

El mundo está lleno de mujeres que quieren casarse y de hombres que se quieren casar con ellas. El problema reside en cómo enamorarse de manera irracional del hombre técnicamente adecuado. Es relativamente frecuente enamorarse como loca de unos tipos que después no sirven para nada. «Lo que le toca, le toca, mijita, y dé gracias al cielo de que le haya tocado alguno», decía mi tía Eulogia, para quien lo peor que podía ocurrirle a nadie era quedarse soltera. Claro que eso era en la época del marido indispensable, cuando una mujer sin esposo era considerada la mitad de una mujer. Pero ahora, en los tiempos en que por marido se entiende algo digno de mejorarse, de cambiarse y hasta de omitirse completamente, una puede darse ciertos lujos como aspirar al marido ideal.

Llevo varios años tratando de perfilarlo, les he preguntado a mis amigas, a mis sobrinas casadas, a mis primas, a la señorita Gallardo (mi vieja profesora de matemáticas con quien me encontré un día en el paradero del bus), y he llegado a la conclusión de que el marido ideal no es, como una creía, el hombre que hace esfuerzos por agradar a su mujer, el que trata de ganarse el corazón de su señora ayudando en el hogar y llevando a los niños al colegio o asistiendo a las reuniones de padres y apoderados. Tampoco es el que sabe tomarle la fiebre al chiquillo, planchar sus camisas, comprar en el supermercado y no enamorarse de ninguna flaca de la esquina. Ni el inteligente, práctico, sensible, independiente, imaginativo y honesto como Rick Blaine o el irónico, apasionado y loco como Rhett Butler.(*)

Para unas, el marido ideal era el que regalaba flores cuando no se celebraba nada; para otras, era el que hacía el amor cuatro veces por semana, pero sólo con ella; algunas opinaron que era aquel capaz de conversar con su mujer como si ella fuera el amigo con quien le gustaba ir al fútbol los domingos; no faltó quien anunciara que era el que tenía la billetera abultada y el vientre plano; para la señorita Gallardo el ideal de marido era el que supiera cocinar, supiera planchar, supiera hacer el aseo y supiera morirse de un infarto antes de los setenta años para darle tiempo a ella de probar con otro menos latero.

Según mi amiga Lupe el marido ideal es el ex marido que comenzó a invitarla a salir en cuanto se dio cuenta de que la profesora de literatura, con la que se había casado, no era la mujer de su vida. Te echo de menos, dice Lupe que le dijo por teléfono. ¡No te creo!, le contestó ella. Te digo que

(*) Personajes de *Casablanca* y *Lo que el viento se llevó*.

sí, mujer, ¿qué vas a hacer esta tarde?, le preguntó él y Lupe le dijo que no tenía ningún compromiso. ¿Te paso a buscar a las seis?, le propuso él y Lupe, por divertirse, por pura curiosidad, le dijo que bueno. Salieron a tomarse un trago. Se me había olvidado lo simpática que eras, le dijo él. Y a mí se me había olvidado lo estupendo que eras tú, le respondió Lupe y entonces él le tomó la mano. ¿Estás contenta?, le preguntó y ella le contestó contenta con qué, ¿con estar aquí contigo o con mi vida en general? Con las dos cosas, le dijo él y ella le dijo que sí. Al día siguiente él la llamó de nuevo. No logro sacarte de mi cabeza, dice Lupe que le dijo. ¡No seas loco!, le contestó ella. En serio, insistió él, no sé qué me pasa. Son ideas tuyas, le dijo Lupe. De ninguna manera, le contestó él, ¿puedo llamarte mañana de nuevo? Y Lupe le dijo que bueno. La cuarta vez que la llamó por teléfono, esa misma semana, terminaron bailando a la luz de la luna en la terraza del Sheraton, escondidos de la profesora de literatura. Dice Lupe que él le puso la mano en el pecho, que se la apretó, así, y ella apoyó su mejilla en la suya y con eso bastó.

Es el marido ideal. Hacen el amor martes, jueves y viernes de seis a ocho (escondidos de la profesora de literatura), luego ella lo manda de vuelta a su casa, se arregla el cabello, se cambia de ropa y sale con un par de amigas. De regreso, en la noche, agarra un buen libro y se queda leyendo hasta que le da la gana y después se duerme como recién nacida. No tienen más compromiso que el de amarse. Él no ronca a su lado. No le pregunta dónde estuvo. No la despierta a las seis de la mañana. Y cuando ella se aburra, piensa buscarse un amante común y corriente y se acabó.

• Enamorarse hasta la muerte

Todos los viernes ocurría lo mismo. A las siete de la tarde sonaba el timbre y a mí se me espantaba el corazón. Pasaban unos minutos y el timbre volvía a sonar. Yo me abalanzaba a la ventana y abría las cortinas. Ahí estaba su sombra alargada balanceándose tras la reja...

Era flaco como el Quijote. Y largo. Llegaba a las siete en punto, nunca se atrasaba. Pero un día en que llovió torrencialmente dieron las ocho y no llegó. Dieron las ocho y media y no llegó. A las nueve sonó el timbre y era él. Yo bajé volando por la escalera y le abrí la puerta. Entró a la casa empapado de agua, hizo una venia de caballero antiguo y me alcanzó un papel que sacó de alguna parte de su cuerpo y en donde había escrito: «El amor corre hacia el amor como los escolares huyen de sus libros; pero el amor se aleja del amor, como los niños se dirigen a la escuela, con los ojos entristecidos». Vengo a despedirme, me dijo después. Ya no volveríamos a vernos. Nos sentamos en el sofá sin decirnos nada. Luego él se abrió el poncho y sacó de entre sus pliegues una rosa medio marchita, una estrella de mar y un disco de los Chalchaleros.

A las diez se marchó tan calladamente como había llegado y yo subí al segundo piso para verlo partir desde la ventana. Me quedé apoyada contra el vidrio, suspendida en la ilusión de ese amor perfecto, hasta que su larga figura desapareció en la noche.

Si usted cuenta esta historia hoy, y se le sale una lágrima, la van a tildar de vieja ridícula, vieja menopáusica que anda añorando los años de su juventud; date cuenta de una vez, vieja ridícula, le van a decir unos chiquillos de mierda que a lo mejor serán sus propios nietos, date cuenta de que el amor es para las de veinte o hasta treinta, pero que tú estás «out».

No haga caso. El amor no tiene edad y rejuvenece. Si a su marido le dio un infarto y la dejó plantada en la mitad de la vida, si a su hombre le bajó la comezón de los treinta años de matrimonio y se mandó a cambiar con la flaca de la financiera, si está soltera, anulada, divorciada, separada, cancelada, suprimida, repudiada o aburrida, enamórese de nuevo. Sin miedo. Aunque medio mundo —nunca es medio mundo sino los cuatro pelagatos que viven más interesados en la vida de uno que en la propia— le recuerde que en Latinoamérica, después de los cuarenta, las mujeres deben jubilarse del sexo y del amor y dedicarse a cuidar nietos. Y aunque Douglas Jerrold haya dicho que el amor es como el sarampión, mientras más tarde en la vida, más grave; y Jorge Luis Borges haya escrito que enamorarse es crear una religión de Dios falible; y Jean Baudrillard haya declarado que amar a alguien es aislarlo del mundo, borrar toda traza de él mismo, desposeerlo de su sombra, introducirlo en un futuro asesino y dar vueltas alrededor suyo, como una estrella muerta, hasta hundirlo en una luz negra; y aunque la feminista norteamericana T. Grace Atkinson le haya dicho al *Sunday Times* de Londres que el amor es la respuesta de la víctima al violador... No preste atención, no le haga caso a Borges, ni a Jerrold, ni a Baudrillard, ni a la feminista. Enamórese con toda calma, es bueno para el cutis, para los nervios, para el pelo, para el ánimo, adelgaza las piernas, sube la autoestima y endurece el estómago.

• Saber envejecer

Dentro de la sociedad machista, una de las pruebas más duras para una mujer es envejecer. No digo ser vieja porque cuando la mujer llega a los setenta años el machismo la deja en paz, literalmente hablando: si la muerte no ha llegado a buscarla, la dejan sentada en una silla esperándola. Digo envejecer porque el tiempo que transcurre entre los cuarenta años (cuando se la empieza a marginar del amor, del sexo y muchas veces del trabajo) y los sesenta años (cuando se la ha marginado de todo menos de cuidar a los nietos) es el tiempo más radiante y pleno en la vida de una mujer, tal como debiera serlo en la vida de un hombre, pero en el caso de las mujeres la sociedad patriarcal ha convertido ese tiempo en un ocaso.

—¿Cuántos dijiste que tenía el esperpento?

—Cuarenta años, más o menos.

—¿Estás loco, viejo? ¿Estás pensando en serio en contratar a esa momia?

De lo que no puede responsabilizarse a la sociedad patriarcal es de que los años transcurran. Y transcurren. No hay nada que pueda hacerse para evitarlo. Llega el momento de ponerse avara, como decía Virginia Woolf, no va quedando tiempo para cosas que no sean esenciales, ya no hay horas que puedan malgastarse en tonterías.

«Todo cuanto vive debe morir, cruzando por la vida hacia la eternidad», decía el rey de Hamlet. Es cierto, y por lo mismo es que la vejez deprime. Se acerca la muerte y como no se sabe lo que ocurre al otro lado y existe una gran posibilidad de que no ocurra nada, es humano y perdonable preferir quedarse aquí y ser joven para siempre... Lástima que no sea posible... Sin embargo, el problema no es llegar a vieja, sino cómo se llega.

La regla número uno para saber envejecer es alejarse en lo posible de todo cuanto huela a machismo o a estupidez.

Del poder, para empezar a conversar, porque el poder no sólo corrompe, como se ha dicho tantas veces, sino que envejece. De los círculos donde por mujer se entiende un par de buenas tetas y veinticinco años. De los académicos que piensan que leer a Calderón de la Barca y gozar de hacer el amor son cosas incompatibles. De los lugares de trabajo donde los jefes creen que porque la mujer tiene más de cuarenta años hay que tratarla como a una retardada mental o simplemente despedirla. De los hombres que la agreden porque usted piensa. De los jóvenes arrogantes que la miran de arriba abajo, «esta pobre no sabe dónde está parada» y luego no le dicen nada. De los amantes que la tratan mal porque deducen que a una vieja como usted se le acabaron las posibilidades mejores. De los políticos que van a sacarle el jugo para ganar votos y van a olvidarla en cuanto salgan elegidos.

Una vez alejada de los lugares tóxicos de la vida conviene aceptar de buen grado las limitaciones que impone el tiempo y poner la inteligencia al servicio de la vejez. Personalmente creo que las mujeres envejecen más o menos de la misma forma como han vivido, es decir, manteniendo las mismas vibraciones de su alma, los mismos latidos y ensoñaciones, las mismas opacidades y zonas luminosas de su personalidad de siempre. Pero no se puede generalizar. Hay mujeres que con la vejez se dulcifican, otras que con la vejez se amargan y otras a las cuales con la vejez no les ocurre nada distinto. En todo caso lo más apropiado para envejecer bien es vivir con la mayor gracia posible y la menor cantidad de maquillaje (en la cara, en el alma y en la cuenta bancaria). Mientras más liviana de equipaje sea una mujer durante toda su vida, más posibilidades tiene de ser una vieja linda.

La mujer que ha pasado la vida preocupada de las formas de las cosas y ocupada de llenarse de objetos costosos y a los cincuenta está forrada en tapices finos, con un ojo en el reloj adivinando si esa noche va a llegar o no el marido y con el otro en los empleados para que no le roben las joyas, tiene pocas posibilidades de ser una vieja linda. Es más probable que llegue a vieja lamentando la pila de horas que desperdició esperando a ese marido que no valía la pena esperar y mirando su colección de alfombras y zapatos caros que no le sirven para nada... No es mucho lo que va quedando. La juventud se le escurrió entre los verdes pliegues de su cuenta bancaria y los hilos brillantes de los tapices persas que no se puede llevar a ninguna parte fuera de la Tierra. Se le fue en esos viajes por el mundo, en que no hizo otra cosa que comprar zapatos italianos, abrigos de pieles y maletas Vuitton. Se le escapó entre las sábanas, no tan finas como las suyas, de la amante de su marido y ella quedó en medio de su living de revista escuchando los murmullos del caserón...

A esta pobre señora no le queda mucho más que apelar a que la buena suerte le siga extendiendo un cheque de tiempo para aprender a vivir lo que le resta. O resignarse a partir de la vida, no como lo hizo Ulises al alejarse de Nausicaa, agradecido y enamorado, sino llena de tristeza.

Envejece muy bien, en cambio, la viuda que se esponja. «Una viuda es un ser fascinante con gusto a madurez, aliño de experiencia, una lengua de practicada coquetería y el aura de haber sido probada por un hombre», dijo la periodista norteamericana Helen Rowland en su libro *Widows.* «El duelo por el marido es como un dolor en el codo: agudo y corto», dice el proverbio inglés.

No hay nada más fácil en la vida que olvidar. Un marido muerto, por buen marido, rico amante y mejor proveedor que haya sido, también se olvida. La viuda lo olvida, se esponja y florece. ¿Qué puede importar tanto ahora que el otro ha muerto? Casi todo cuanto se pide a una mujer en esta época tiene que ver con agradar a un hombre: que sea joven, que sea linda, que mueva bien las caderas, que bata las pestañas, que no pese, que no hable, que coma poco, que opine adentro del closet, que no se meta en los asuntos del marido y que no le quite el poder. La viuda ya pasó por todo eso y ahora puede gozar de la comida, del sexo (todavía le queda cuerda para mucho rato), puede decir lo que se le antoja, no tiene que mover las caderas, ni batir las pestañas, ni hacer esfuerzos absurdos y el poder no le interesa para nada. Además, puede dormir con calcetas de lana y una bolsa de agua caliente en los pies y al que le gusta, le gusta y al que no, que se lo lleve el diablo. ¿Qué mejor?

Distinta es la vejez de la Barbie que hace lo posible para que no se note su vejez, es decir, para que ella crea que no se nota. A decir verdad no hay nada tan avejentador como las cosas que hace la Barbie para verse joven. Los pelos architeñidos, esos ojos sorprendidos y siempre abiertos por las innumerables cirugías, esas capas de maquillaje que disimulan los surcos de los años y las huellas de la tristeza. Con la edad unas cosas se van para arriba, otras para abajo, otras se desinflan, otras se inflan más de la cuenta y otras se caen. Las encías para arriba, las pechugas para abajo, el vientre que se infla, los pómulos que se desinflan, el pelo que se cae... Qué se le va a hacer.

También es triste la vejez de la que se niega a hacer un alto en el camino para reflexionar acerca de cómo ha sido su vida y de si conviene parar su ritmo acelerado o seguir matándose. La vida de esta mujer es como la carrera de un perro galgo que corre tras un hueso, y corre y corre y el hueso sigue estando a cinco metros de ella, nunca le va a poder pegar el tarascón, no sabe que alguien (ella misma) amarró el hueso a un palo que lleva atado al cuello. Anda por la vida encontrando que nada es suficiente, ni la plata que ha ganado, ni los maridos que ha tenido, ni cuánto les ha dado a sus hijos, ni el tamaño de la casa que acaba de comprar.

Envejece mejor la que supo retirarse cuando vio que la ciudad se estaba llenando de veneno, de ruido, de humo, de estrés. Que ganar plata no le dejaba más que dolores de cabeza. Que el poder que había perseguido tanto tampoco la haría feliz, amén de que para alcanzarlo debía seguir compitiendo con una serie de varones malagestados, llenos de envidias e inseguridades... Un día miró al marido y no lo reconoció. El hombre había envejecido a su lado y ella no se había dado cuenta.

—¿Cuántos años tienes, Manuel?

—¿Cuántos crees tú?

Y no supo qué decirle.

Esa noche hablaron. Era la primera vez en mucho tiempo que no se referían al trabajo o a los hijos que ya no estaban. Acordaron irse lejos, a un lugar tranquilo, cambiar, arrancarse de todo menos de ellos mismos y lo hicieron... Cuando llega la vejez esta mujer no se da ni cuenta y si se da cuenta no le importa nada.

Personalmente me gustaría envejecer como aquellas mujeres que tienen vocación de abuela. Veo a una mujer de unos cincuenta y cinco años más bien entrada en carnes, bella, llenita como se dice, pero no de gordura, sino de contento, de las buenas cenas que ha preparado para su familia durante años, del buen sexo con un marido que ha amado durante el mismo tiempo... Ahora va a cumplir sesenta años y quiere ser abuela. Es su manera de no llegar a vieja y no dejar de ser mamá. Esta abuela no se aterra ni sufre porque va a cumplir más años y como el pasado no le interesa, es la más joven de todas las viejas.

• Morir con la conciencia tranquila

Y todas vamos a morir, estoy casi segura; hasta ahora no se sabe de ninguna persona que haya salido viva de este planeta. Morirse está bien, es natural, le pasa a medio mundo. La cuestión es irse con la conciencia tranquila sabiendo que ha hecho lo correcto para que a su nieta no le pongan la bota encima como se la pusieron a usted.

Alicia escribía listas de las cosas que soñaba realizar antes de morir. La primera lista decía: «Antes de morir quiero escalar el monte Everest, el Aconcagua, el Huascarán, el Cook en Nueva Zelanda, el Ararat de Turquía y el Baldy en California; quiero recorrer en balsa el río Nilo, el Amazonas, el Níger, el Coco de Nicaragua, el Congo y el Colorado; quiero ir a Tanganica, a Nigeria y a Alaska; nadar en el lago Victoria, el Superior y el Titicaca; bucear en los arrecifes de coral en Florida, en el mar Rojo y en las islas Fidji; antes de morir quiero leer todas las obras de Shakespeare, Platón, Woolf, Joyce, Bacon, Tolstói, Keats, Emerson, James y Poe. Quiero traducir *Don Quijote de la Mancha* al ruso y *Ana Karenina* al francés; quiero verle la cara a Dios, tocar el *Claro de luna* en el piano, extraer veneno de una serpiente, bailar mambo con una monja, escribir una obra de teatro, ser malabarista de un circo, aprender a hablar en chino, perderme en el Congo y lanzarme al desierto de Atacama en paracaídas.

La segunda lista decía: «Antes de morir quiero bailar tango con Nick Nolte, viajar por las islas griegas con De Niro, besarme a la luz de la luna con Robert Redford y ser la amante de Hugh Grant».

A los veintiún años conoció a Agustín, se enamoró hasta la médula y entonces agregó a la lista: «Antes de morir quiero casarme con Agustín y tener hijos con él», y eso fue lo único que se le cumplió.

A otras alturas de la vida, cuando Agustín llevaba treinta años preguntándole: «Alicia, ¿dónde habrá quedado mi revista? ¿Te acordaste de pasar a buscar mi traje? ¿Viste el cheque que te dejé en la mesa de la entrada para los gastos del mes? ¿Le avisaste a la Cleme que esta noche va a venir Juanca a comer?» Cuando habían pasado treinta años con Juanca convidado a comer erizos todos los jueves, anotó en su lista: «Antes de morir quiero estar segura de que mi nieta sabe que ella puede valerse por sus propios medios, ser su propia dueña, tener su propio mundo y sus valores, contar con su propio espacio vital y compartir todo eso con un marido que no le pregunte nunca dónde habrá quedado mi revista».

Una vez que estuvo segura de que ese deseo se le iba a cumplir, cerró los ojos y se fue de la vida con la conciencia en paz.

IV

Los mandamientos de la mujer casada

IV. Los mandamientos de la mujer casada

Del matrimonio se ha dicho prácticamente todo. Que es la tumba de la libertad. Que termina cada noche después de hacer el amor y hay que rehacerlo cada mañana antes del desayuno. Que cualquier mujer inteligente que lee un contrato matrimonial y después se casa, merece todas las consecuencias. Que cuando dos personas se casan, se convierten en una persona ante la ley y esa persona es el marido. Que es una trampa para hacer creer a una dueña de casa que se está convirtiendo en dueña de la casa. Que veinte años de romance convierten a una mujer en una ruina, pero veinte años de matrimonio la convierten en un edificio público. Que es un Jesucristo de más y una Virgen de menos. Que es preciso que un verdadero amante no hable nunca de matrimonio, porque ser amante es querer ser amado y querer ser marido es querer ser odiado. Que es un estilo de vida para el cual se necesita una cierta vocación. Que es algo tan antiguo que más vale seguir haciéndolo. Que transforma a una mujer con futuro en una mujer con pasado...

Como puede apreciarse, Oscar Wilde, María Antonia Valls, Gabriel García Márquez,

Isadora Duncan, Thornton Wilder, Madeleine de Scudéry, Shana Alexander, Gonzalo Aristizábal y mi abuela, que son las personas que dijeron estas cosas, coinciden en que el matrimonio es una empresa más bien complicada. Particularmente para la mujer. Así será, digo yo, pero la verdad es que todas crecimos pensando que el amor era una aventura fascinante que ninguna quería perderse y que el matrimonio era el broche de oro de la aventura.

Tengo la certeza de que cuando lean este capítulo las mujeres de entre veinte y treinta años me van a decir que lo escrito en el párrafo anterior pertenece a la generación de los sesenta, que ahora las cosas han cambiado, que la mujer se liberó, que casarse ya no le interesa tanto como antes, etc., etc., etc. Yo no creo en ninguna de esas razones; al contrario: pienso que hoy por hoy las mujeres quieren casarse tanto como antes. Son los hombres los que están más reacios y se debe a que existe una mayor libertad sexual y a que los hombres les tienen más miedo a las mujeres. Pero en nuestras sociedades patriarcales, en donde cumplir treinta años sin haberse casado es un estigma, el matrimonio sigue siendo la primera estación de toda mujer y una, inocente y mal documentada, se sube al tren sin preguntarse ni de pasada qué es más importante, si el matrimonio o el amor. Personalmente creo que no son incompatibles. La cuestión está en cómo seguir casándose sin que el matrimonio mate al amor ni una mate al marido.

Y se puede. Una manera de lograrlo es seguir los mandamientos de la mujer casada:

1. Procurarse un espacio propio.
2. Educar al troglodita.
3. No hacer por el marido lo que el marido no está dispuesto a hacer por una.
4. Evitar la trampa de la «superwoman».
5. No permitir que el marido financie sus calzones.
6. Omitir preguntas cuya respuesta no desea conocer.
7. Aprender a llevar vida de hombre.
8. Cobrarle al marido lo que el marido le debe.
9. Rezar el Credo.
10. Seguir casada hasta que algo (casi siempre será la otra) los separe.

1. Procurarse un espacio propio

Que existe un espacio «angélico» en donde es posible hacer caber a diez ángeles con sus alas extendidas en un metro cuadrado de amor, es indudable. Todos los enamorados lo conocen y nadie lo expresó mejor que Rilke en el verso de Elizabeth-Browning:

«Nur wo du bist, entsteht ein Ort (für mich)».
«Sólo donde tú estás nace un lugar (para mí)».

Para Goethe ese espacio fue el campo:

«Para mí eran el campo y los bosques,
los roqueríos y los jardines,
sólo espacios,
hasta que tú los transformaste, amada,
en un lugar».

Pero como la poesía es una cosa y el matrimonio es otra muy distinta, el espacio amoroso adquiere otras dimensiones cuando la pareja se casa...

Llegando de su luna de miel, en cuanto ponga un pie en su nuevo hogar, aunque esté enamorada hasta las patas y convencida de que contigo pan y cebolla y hasta cebolla sin pan, haga el siguiente ejercicio: deténgase en medio del living, cierre los ojos, pídale a su marido que la deje sola unos momentos porque usted necesita pensar, y piense en lo siguiente: «a partir de este mismo instante voy a dormir en la mitad de una cama, voy a leer con la mitad de una lámpara, voy a ocupar la mitad de un baño, me voy a cepillar los dientes en la mitad de un lavatorio, voy a enjuagarme el pelo en la mitad de una ducha, voy a cenar en la mitad de una mesa, voy a colgar mi ropa en la mitad de un closet, voy a sentarme a mirar la televisión en la mitad de un sofá y todas las otras mitades van a estar ocupadas por mi marido. Para siempre».

Esta reflexión puede resultar un poco deprimente, sobre todo si se toma en cuenta que además de no contar con nada entero para usted, a partir de ese día, todos los días de su vida se acostará junto al marido, se desvelará con el marido, despertará con el marido al lado, desayunará con el marido al frente, se lavará los dientes tres pasos más atrás que el marido, irá al cine con el marido, asistirá a las bodas con el marido, tendrá hijos con el marido, será la amante del marido, peleará con el marido, se reconciliará con el marido y siempre será el mismo marido por los siglos de los siglos... Puede resultar desalentador, sin embargo es una sana reflexión que toda mujer recién casada debería hacer.

—¿En qué te quedaste pensando, mi amor?

—En que necesito un espacio propio.

—¿Un espacio propio? ¡Pero si tienes toda la casa!

—Me refiero a un espacio en donde tú no estés...

—¡Pero, linda, qué te pasa! Si acabamos de regresar de la luna de miel...

—Ya lo sé, pero necesito un espacio en donde me den ganas de verte.

—¡Pero si me vas a ver todos los días!

—Eso es lo que no quiero, es decir, sí quiero, pero quisiera tener la libertad de no verte para echarte de menos.

Y el pobre marido se rasca la cabeza. «No verme para echarme de menos, ¿se habrá vuelto loca?»

No. No está loca. Está reflexionando acerca de lo que será esta nueva vida que comienza, está meditando sobre cómo va a cambiar todo de ahora en adelante. Porque de ahora en adelante, cada vez que amanezca, él amanecerá con ella. Si entra al baño, él estará esperando que lo desocupe. Si le da hambre, les dará hambre. Si uno se enoja, se enojará el otro. Guardarán la ropa en el mismo lugar. Se mirarán cada día en el mismo espejo. Se dirán adiós, que te vaya bien, todas las mañanas al despedirse. Se dirán hola, cómo te fue, todas las tardes al reencontrarse. Caminarán uno al lado del otro desde ahora hasta la eternidad. Ya no habrá otras calles, ni un taxi para usted y un autobús para él, que iba en dirección opuesta. Se terminaron los romances de sofá y las despedidas al lado de afuera de su casa por la noche. No habrá más llamados telefónicos al día siguiente, ni esperas nerviosas en los aeropuertos, ni cartas. De ahora en adelante, las cosas van a pasarles a ambos porque al fin y al cabo de eso se trata el matrimonio, de que todo les suceda juntos. Y cada día habrá más de lo mismo, más de comportarse como gemelos que nunca han habitado el mismo útero. Habrá terminado su derecho al desorden y la locura de su vida de soltera... En todo esto piensa usted en el living de su casa, a la vuelta de su luna de miel y, de pronto, mirando aquellas paredes que van a cobijarla junto a su flamante esposo hasta el día en que la muerte o la tercera persona los separe, echa de menos la casa de su mamá.

—Bueno, linda, ¿y en qué sigues pensando con esa cara de lunática? Te estás poniendo pálida... ¿Qué pasa?

Pero usted no le dirá nada más. Los hombres le tienen terror al concepto del espacio propio. Creen que es peligroso porque ellos van a quedar afuera. Lo que se debe hacer es ayudarlos a comprender que el espacio propio sirve para justamente lo contrario: para que queden adentro.

2. Educar al troglodita

La tendencia natural es echarle la culpa al troglodita. Este hombre no mueve un dedo, este hombre no sabe freír un huevo, este hombre llega a la casa y deja el abrigo tirado en cualquier parte, este hombre sale del baño y deja las toallas mojadas en el suelo, este hombre no ha ido jamás a una reunión de «padres y apoderados» (que debiera llamarse de «madres y apoderadas»), este hombre se niega a hacer las compras, este hombre no entiende que yo trabajo las mismas horas que él... Y a decir verdad, el troglodita no entiende ninguna de esas razones porque es un maleducado. Y quien lo maleducó fue la mamá. La mamá lo sobreprotegió y lo dejó convencido de que él llegó al mundo para ser atendido por las mujeres de la casa, que para eso estaban ellas, «descanse tranquilo, hijo, ahora mismo le traen su aperitivo»... Siembra vientos, cosecha tempestades.

La mayoría de las madres confunden amar con proteger a los hijos de algo que ni ellas mismas saben bien lo que es; y en lugar de dejarlos crecer y equivocarse, les cortan las alas, los amputan y los dejan convertidos en un hombre a medio camino entre la mamá y ellos mismos.

Más tarde en la vida, cuando el troglodita es adulto y la mamá ya le metió en el alma y en la cabeza que la mujer en general es una hembra seductora, tan apetecible como peligrosa e inalcanzable, y la esposa debe ser una buena mujer recatada, que no opine demasiado, que lo atienda bien y le tenga «sus cositas listas», es poco lo que se puede hacer para volver a educarlo. Pero por algo hay que empezar.

—¿Agustín? ¿Puedo pedirte un favor? ¿Podrías hacer la cama que estoy atrasada y tengo que volar a la oficina?

En el ochenta por ciento de los casos Agustín pondrá mala cara. A él no le corresponde hacer la cama. Es como si él le pidiera a Alicia, ¿te importaría cambiarle el aceite al auto que estoy algo escaso de tiempo?

—Última vez que hago esta cama...

Y la estira a regañadientes y la deja mal hecha, de manera que Alicia tiene que volver a hacerla en la noche antes de acostarse.

—¡Este tipo es un inútil! Un favor que se le pide en la vida y mira cómo lo hace...

La verdad es que no es ningún favor que el marido arregle la cama donde él mismo acaba de dormir...

—¡Clementina! ¡Dónde se metió la salvaje de la Clementina! ¿No ve que ya va a llegar el señor? ¿Le abrió la puerta del garaje, Cleme? ¿Le tiene el trago listo?

El trago se lo puede preparar él, y si no es manco ni veterano de ninguna guerra y tiene las dos manos intactas, también se puede abrir la puerta del garaje. Clementina es la empleada doméstica, pero no es la esclava del patrón...

Reeducar al hombre adulto es difícil. Es más probable obtener buenos resultados si se educa al niño. Pero si el chiquillo crece viendo a su papá echado en el sofá de la casa, el diario en una mano y un vaso de whisky en la otra, gritando: ¡Quién me puede traer más hielo! Y nadie le dice que se lo consiga él mismo, no habrá caso de que aprenda. En veinte años ese niño se hallará en otra casa, en otro sofá, con un vaso de whisky de otra marca (mucho más cara), gritando lo mismo: ¿Andas por ahí para que me traigas hielo y una botella de agua mineral?

Si está educando a su hijo tal como su suegra educó a su marido, tratándolo como a un inválido, llevándole el hielo y el agua mineral al sofá, lustrándole los zapatos, recogiéndole las toallas mojadas del suelo del baño, haciéndole la cama bien hecha, como tenía que hacerla Angelines, mi amiga española: a su marido le gustaba tirar una moneda en la sábana, para comprobar que estaba quedando bien estirada... Si hace todo eso, muy bien, total, está en su pleno derecho de aportar otro grano de arena al machismo exacerbado. Pero en el futuro, cuando vea a su yerno aprovechándose de su hija, a su hijo aprovechándose de su nuera y siga viendo a su marido aprovechándose de usted y le entren unas ganas incontrolables de mandarlos a los tres a buena parte y usted partir para el lado opuesto, enciérrese a llorar en el closet hasta que se le pase la rabia... Sola, eso sí. Y lo más disimuladamente posible. No tiene derecho a reclamar en voz alta.

3. No hacer por el marido lo que el marido no está dispuesto a hacer por una

Este mandamiento es uno de los más útiles para sobrevivir al machismo con decoro. Termina de un plumazo con los rencores ocultos de la mujer, las picas, las rabias, las cosas que se lanzan a la cara: «yo que te lavo los calzoncillos, yo que te plancho los trajes, yo que te corrijo los manuscritos, yo que oficio de secretaria, yo que tengo que soportar las latas de tus amigos, yo que te hago la cama todos los días, yo que te espanto a los acreedores, yo que te aguanto a las amantes, yo que aprendí a jugar bridge porque a ti te gustaba...» Una vez que empiece a ponerse en práctica este sabio mandamiento, terminará esa cantinela patética de casi todas las esposas aburridas.

Hace unos años, conversando con Isabel Allende, me contó que durante su primer matrimonio aprendió a jugar bridge. Ella detestaba las cartas, le cargaban, no tenía ningún talento para el juego, ni ganas de pasar las horas frente a una mesa verde todos los sábados, de ocho a once de la noche, declarando dos sin triunfos, paso, tres corazones, doblo, cuatro caró. Pero a su marido le gustaba el bridge y ella, que se había casado enamorada y dispuesta a hacerlo todo para tenerlo feliz, aprendió.

Por varios años le tocó sentarse frente a una mesa pensando en cualquier cosa, mientras otras personas carteaban con dedos ágiles y unas manos de malabaristas agarraban los naipes usados y los barajaban en un santiamén (brrrrrst, brrrrrst), para luego repartir las cartas a toda carrera, sin equivocarse nunca y abrir el juego en seguida: un corazón, paso, dos tréboles, paso, tres piques... Y ella contestando lo mejor que podía, hasta que un día se aburrió y dijo: ¡qué estoy haciendo calentando este asiento y jugando a este juego que me carga, no agarro un naipe nunca más en toda mi vida, que se vayan todos al diablo! Y no volvió a jugar.

Una siempre está haciendo por el marido cosas que el marido no haría por una.

—Gorda, aquí te dejo las camisas para que me las laves. Gorda, ¿te acordaste de plancharme el traje para esta noche? Gorda, no te olvides de que Juanca, Fernando y René vienen a comer, compra erizos (y a una le cargan Juanca, Fernando y René y es alérgica a los erizos). Gorda, llama a mi mamá para saber si necesita naranjas.

Esto comienza mucho antes del «gordeteo» de la vida de casados, comienza cuando están pololeando. «Gordiiiita, sea buena, láveme este suéter que mi mamá no tuvo tiempo». Y si una no raya la cancha entonces, en esos primeros tiempos, si en ese momento no se le explica (con el mejor de los modos) que los tiempos han cambiado, que el suéter se lo tiene que lavar él mismo, que ella es su compañera, no su criada y mucho menos su mamá, si en esos primeros tiempos no despeja el bosque de su relación, está frita, créame, frita para siempre; no hay nada tan peligroso como ser esa novia «un amor, que me quiere, me cuida, me lava los suéteres, como mi mamá o mi «nana» (porque aunque parezca increíble hay hombres de veintisiete años a quienes la «nana» todavía les lava la ropa); de ser la «novia ideal» se pasa a ser la «mujer ideal», «ideal» queriendo decir que una está dispuesta a hacer por el marido una serie de cosas que él no haría por una.

El día en que usted pueda decirle a su marido:

—Agustín, aquí te dejo mi vestido para que le subas la pretina. Y por favor acuérdate de pasar por la tintorería para sacarme el traje que voy a usar en la reunión con el jefe del sindicato, ¡ah!, y no te olvides de llevar a Antonio al dentista y a la vuelta pasa por el supermercado para comprar dos kilos de posta negra que nos hacen falta...

Y el día en que Agustín le conteste: «Muy bien, no te preocupes, yo me encargo»... Entonces aprenda a jugar bridge.

4. Evitar la trampa de la «superwoman»

—No te apresures, mi amor, yo te lo llevo. Dejalo ahí no más. Voy a salir más temprano para la oficina. A la pasada dejo a Antonio y a Paulina en el colegio, después me hago un hueco y llevo tu documento a la notaría, no te compliques con la agencia de viajes tampoco, me alcanza de más el tiempo para hacer esa reserva, vístete tranquilo, mi amor, y olvídate de la cuenta del gas porque, entre cosa y cosa, la pago. Déjame a mí esa lata.

(Si usted hace eso, quiere decir que está loca de remate.)

A la media hora él monta en su Porsche recién comprado a un exiliado, saca el celular de la guantera y llama a su secretaria: «¿Ha llamado alguien, Lola? Si llega Pedro Mujica dígale que la reunión se corrió para las once y media y que de ahí nos vamos a almorzar al Club de Golf». Y enfrenta la Costanera con ese aire de hombre de negocios que le va bien en la vida, que no le teme a la muerte, que gana cada día más plata. Va recién afeitado, sus uñas están impecables, huele a colonia cara, usa zapatos de charol. En el último semáforo se mira en el espejo retrovisor y arregla el cuello de su camisa Dior. Va contento el hombre, porque Alicia es la mejor esposa del mundo, «no sé de dónde saca tiempo para tanta cosa, pero a ella le encanta mantenerse ocupada, Alicia se volvería loca si no trabajara doce horas diarias...» Pone el CD que le trajo Julia de Miami y como la vida le sonríe, canta: «cuando pienso en ti me siento triste, solo sin tu amor ya nada existe»; qué ganas de estar con Julia, piensa. Esta tarde, después del golf, la llamo, ¡me encanta esa mujer!

Y mientras tanto Alicia que es la superwoman, que tiene tiempo para todo, que todo lo hace en un minuto, pasa donde el notario, corre a dejar a Antonio, llega a su oficina, atiende a dos clientes, hace la reserva para su marido, se come un huevo duro «a toda carrera», pasa al mercado «de una patada», regresa a la oficina y asiste a una reunión con la gerencia, llama a la suegra por si necesita naranjas, no para en todo el día, no delega en nadie por temor a que no hagan las cosas como a ella le gusta, intenta abarcar el máximo de responsabilidades y el resultado es que la mitad de las cosas le salen mal: se está echando encima al personal de la oficina, el marido anda entusiasmado con Julia (pero ella no quiere pensar en eso), se va neurotizando, empieza a engordar (porque para espantar la angustia, come), para calmar sus nervios, fuma, y por la noche, cuando por fin ha quedado otro día atrás y el marido está roncando, llora.

Un día despertó y había llegado otro verano. Otro día despertó y había vuelto el invierno. No se dio cuenta de cómo pasaron los años ni de cómo llegó esa mañana en que se miró al espejo y lo que vio reflejado en el cristal le produjo espanto. Estaba pálida, envejecida, le había salido una papada que antes no tenía, surcos en todas partes, se vio el pelo medio blanco, la piel ajada, en fin, las huellas de los años; pero no fue eso lo que la asustó, sino esa cara de estrés tan grande que por primera vez se descubría y la angustia que se le salía por los ojos. Trató de sonreír y no pudo; sus mandíbulas estaban apretadas de tanto fumar, de tanto hablar por teléfono, de tanto mirar la computadora revisando las cuentas de la empresa, de tanto quedarse callada cuando debió opinar, de tantos años sin querer pensar en Magdalena, luego en otra cuyo nombre nunca supo y ahora en Julia...

Después de estar largos minutos reflexionando frente a ese rostro entristecido tomó la decisión de irse de su casa ese mismo día, así, ¡chas!, como deciden las mujeres que de pronto se dan cuenta de que no dan más, de que están hasta más arriba de la coronilla y de que sanseacabó.

—¿Te volviste loca, Alicia? —preguntó atónito el marido cuando le dijo que se iba.

—Sí, por suerte —respondió Alicia y agarró su bolso, su impermeable y partió rumbo a su tiempo, a su salud mental, a su libertad y a lo bueno que aún le quedaba en la vida.

—¿Y qué voy a hacer yo? —balbuceó Agustín desde la puerta y entonces Alicia, recordando aquella escena de *Lo que el viento se llevó,* se dio media vuelta y lo miró:

—Frankly, my dear, I don't give a damn.

5. No permitir que el marido financie sus calzones

—¿Me podrías dar plata para comprar calzones?

Ésa es la frase más bochornosa que puede pronunciar un ser humano, independiente de su género. Una mujer que no es capaz de procurarse sus propios calzones no tiene ninguna posibilidad de sobrevivir al machismo. Su macho (y en este caso será realmente su MACHO y ella será SU hembra) hará con ella lo que se le dé la gana. Hasta matarla si quiere.

Tal como se están dando las cosas en la sociedad moderna, la única manera de ser libre y por lo tanto de sobrevivir mejor al machismo es siendo autosuficiente. No hay libertad sin plata. Suena triste y es triste, pero así, no más, es. Un buen día el marido la mirará con esa cara de billetera que ponen los maridos y le dirá:

—Mira, Alicia, hay algo que quisiera recordarte: el que paga la música elige la melodía y en esta casa el que paga la música soy yo; el que compra las ollas escoge los guisos y en esta casa el que compra las ollas soy yo; el que compra la cama...

Lo malo es que el que compra la cama elige

a la amante, y si una no tiene un salario decente que le permita responder:

—Muy bien, Agustín, pero como soy yo quien compró la casa, yo decido que esta noche te vas a dormir a un hotel...

Si la mujer no es autosuficiente, si no gana un salario que le permita tomar sus propias decisiones, comprar otra cama y elegir otra melodía, la que va a terminar en el hotel va a ser ella.

Imagine un mundo en donde la mujer tuviera las mismas posibilidades financieras que el hombre, en donde los salarios de las mujeres fueran iguales a los de los hombres; una sociedad en la cual no se hiciera distinción entre el comportamiento femenino y el masculino y en la cual fuera posible esta conversación entre dos amigas en un bar:

—Estoy bastante complicada... Agustín me pilló.

—¡No me digas!

—Así es.

—¿Y qué dijo?

—Se puso a llorar, como siempre, me insultó, me lanzó la copa de vino por la cabeza, gritó hasta quedar pálido, me amenazó con irse a la casa de su mamá, me trató de traidora y de puta... Sabía hasta lo del viaje a Washington. Me preguntó si quería separarme.

—¿Y tú, qué le dijiste?

—Que si estaba loco, que cómo se le ocurría, que ni muerta. No estoy para tirar mi matrimonio por la borda por una aventura sin importancia, una calentura y punto. Una sacada de ganas, como quien dice. ¿Tú crees que voy a arriesgar todo mi matrimonio por eso? Tendría que estar mala de la cabeza, ¿no te parece? Le dije que Leonel no significaba nada, que era una cana al aire, cosa de mujeres, algo sin importancia, que nuestro matrimonio era lo único que realmente me importaba en la vida. No me creyó ni una letra, pero se hizo el que me creía.

—¿Qué vas a hacer?

—Nada. Ya se le va a pasar. Creo que lo voy a llevar a Europa. No hay mejor remedio para un hombre ofendido que llevarlo a Europa o comprarle un computador nuevo.

Si usted es de las que le piden plata al marido para calzones ni siquiera podrá ir al bar, y si va (porque la amiga le paga la cerveza), nunca podrá hablar en esos términos. Su conversación será esa latera colección de quejas en contra del mismo marido que le compra los calzones.

En su libro *Der dressierte Mann (El varón domado),* Esther Vilar propina un fuerte golpe a la mujer mantenida que no hace mucho más en la vida que esperar que el marido le solucione los problemas: «Se considera probado que los varones y las mujeres nacen con las mismas predisposiciones intelectuales, esto es, que no hay ninguna diferencia primaria entre las inteligencias de los dos sexos. Pero no menos probado está que las predisposiciones que no se ejercitan y desarrollan se atrofian: las mujeres que no ejercitan sus disposiciones intelectuales, arruinan caprichosamente su aparato pensante y, tras unos pocos años de irregular *training* del cerebro, llegan finalmente a un estadio de estupidez secundaria irreversible.

»¿Por qué no utilizan las mujeres el cerebro? No lo utilizan porque no necesitan capacidad intelectual alguna para sobrevivir. En teoría es posible que una mujer hermosa tenga menos inteligencia que un chimpancé, por ejemplo, y que, sin embargo ello, triunfe en el medio humano.

»No más tarde de los doce años —edad a la cual la mayoría de las mujeres ha decidido emprender la carrera de prostituta (o sea, la carrera que consiste en hacer que un hombre trabaje para ella a cambio de poner intermitentemente a su disposición, como contraprestación, la vagina)— la mujer deja de desarrollar la inteligencia y el espíritu. Aún hace, ciertamente, que la preparen, y se hace con diplomas de todas clases —pues el varón se cree que una mujer que se ha aprendido algo de memoria sabe de hecho alguna cosa (dicho de otro modo: un diploma eleva el valor de la mujer en el mercado)—, pero en realidad los caminos de los dos sexos se separan aquí definitivamente y la mujer se corta en este punto, y para siempre».

Sin estar totalmente de acuerdo con lo que dice la puntuda escritora alemana, es fácil concordar con que si el marido tiene que comprarle a una hasta los calzones, elegir todas las melodías, tomar todas las decisiones y trabajar para poder financiar todo aquello, lo más probable es que a la vuelta de la vida una termine con la inteligencia de un chimpancé... y neurótica.

6. Omitir preguntas cuya respuesta no desea conocer

Una semana de junio.

Lunes 4:

No estoy equivocada... Hace tiempo que lo noto distinto. No sé explicar qué es, exactamente, lo que le pasa, pero algo le sucede. Anoche, después de que regresamos de la casa de mis padres, Agustín se encerró en su escritorio a escuchar el disco griego que trajo de París. Como ayer, como antes de ayer, como la semana pasada. Lleva así un mes. Miento. Más de un mes. Ya no sé cuándo empezó esto. Además lo desconozco. Si no está escuchando a los griegos, está leyendo *El Anticristo,* él, que no ha leído ni el Pato Donald.

—¿Y esa música tan rara que le ha dado por escuchar al caballero todas las noches? —me preguntó Cleme hace unos días.

Martes 5:

Bebí mucho. Demasiado. Creo que me anduve emborrachando. No recuerdo nada de lo que hablamos con Leonel. Me acuerdo sí de que Agustín pasó gran parte de la noche apoyado en el dintel de la puerta del comedor observándonos. No se veía molesto, sino curioso, como si le divirtiéramos. Esa actitud suya me empujaba a seguir coqueteando. Lo recuerdo perfectamente bien. En algún momento Leonel me pasó el brazo por la espalda y me estrechó. Alcé la vista para ver si Agustín continuaba donde mismo y estaba ahí. No había dejado de mirarnos en todo el rato, pero ni se acercó, ni me hizo una seña. En un momento me pareció que me guiñaba un ojo con simpatía. Como si yo no fuera más que una vieja amiga, una antigua conocida, como si no fuera su mujer. ¿No le importaba nada?

Miércoles 6:

Almorcé con Lupe. Le dije que estaba preocupada. Que algo andaba mal en nuestro matrimonio. No digas tonterías, me dijo ella, qué puede andar mal en una pareja que lleva junta más de veinte años. Todo, le dije yo, sin pensar muy bien en lo que estaba diciendo. ¿Todo?, preguntó ella ahora más interesada en mi cuita, ¿se llevan mal en la cama? Te pregunto porque por ahí es por donde empieza a hacer agua el bote. Sí, le dije y me sorprendí a mí misma hablando de algo que no le había confesado ni a mi almohada. Pero para qué seguir contándome el cuento. Hacía tiempo que las cosas se habían enfriado. ¿Desde cuándo?, preguntó Lupe ahora de veras interesada en el tema. ¿Desde cuándo qué? ¡Desde cuando no te tira, mujer, qué otra cosa va a ser! No sé, le dije yo, a ver, déjame pensar, me parece que desde hace un par de meses. ¡Pero eso no es nada! Yo no le veo el ojo a la papa desde diciembre de 1991, reclamó Lupe. Desde el 7 de diciembre para ser más exacta, me acuerdo perfectamente bien porque ese día se cumplían los cincuenta años de Pearl Harbour... Hace más de cinco años. ¡Y tú quejándote porque Agustín te tiene castigada hace un par de meses! Si eso no es nada, mujer. A lo mejor para ella es poco, pero para mí, no. El sábado pasado casi se lo dije a Agustín, es decir, se lo dije con la camisa. Me había comprado una camisa de dormir nueva, de seda transparente, bastante sensual, me quedaba bien. Salí del baño y él me miró y no me dijo nada, como si no se hubiera dado cuenta de que llevaba puesta una camisa nueva. Casi le dije que ya ni me acordaba de cuando habíamos hecho el amor la última vez. Pero me metí a la cama y me quedé callada.

Jueves 7:

Agustín me llamó a las seis de la tarde para avisarme que no vendría a comer. Me puse furiosa. No son tantas las veces que invitamos a mis hermanos. Cuesta reunirlos a todos. ¿Qué te pasa?, le pregunté, y ahora pienso que en cualquier otro contexto podría haber sonado como una pregunta estúpida. ¿Cómo que qué me pasa? Nada. ¡Qué me va a pasar! Te digo que llegó el gringo de Massachusetts y no me queda otro remedio que ir a buscarlo al aeropuerto y llevarlo a cenar. ¿Qué quieres que haga? ¿Que le diga que se devuelva?

Bromeó. Estaba de buen humor. ¿Y a qué horas vas a volver?, le pregunté. ¡Ah, no tengo idea, Alicia! Tarde, eso sí, no me esperes despierta. Diles a tus hermanos que me disculpen. Y cortó.

Viernes 8:

Desperté con los ojos hinchados. ¿Qué te ha sucedido?, preguntó mi mamá cuando pasé a buscarla para llevarla al doctor, pareces cadáver, ¿dormiste mal? Mal no es la palabra, mamá, le dije, no dormí nada. ¿Por qué?, quiso saber ella. Porque Agustín regresó a las cinco de la mañana. ¡Bah!, dijo haciendo ese gesto con la mano que hace siempre, no le hagas caso, todos los hombres son iguales, si yo te contara la de veces que tu papá llegó a las cinco de la mañana. Pero es que a mí me importa donde haya estado, mamá. ¿Y tú crees que a mí no me importaba? ¡Claro que me importaba, pero no quería saberlo! Seguimos caminando y no hablamos más del tema. Cuando llegué a la casa Agustín había vuelto. ¿A esta hora?, le pregunté sorprendida porque jamás llega antes de las ocho de la noche. Estás molesta por la hora en que volví anoche, me dijo. Sí, le dije yo. Salgamos a comer a un restaurante, me invitó. Iba a decirle que prefería meterme a la cama, pero después pensé que no, que era mejor ir, tal vez podríamos hablar durante la comida. Bueno, le dije y subí a arreglarme. ¿Cuál prefieres?, me preguntó en el auto. Estaba amable, de excelente humor. Vamos al italiano de la otra vez, le dije recordando que la última vez que fuimos a ese restaurante hicimos el amor a la vuelta. Hace siglos que no vamos, me parece bien, dijo él encendiendo el motor del auto. En el trayecto no hablamos nada. ¿Cómo te fue con el gringo?, le pregunté cuando el mozo le escanció unas gotas de vino para que lo probara. Bien, me dijo, nada muy especial, hablamos de negocios. ¿Hasta las cinco de la mañana?, pregunté a media voz, no sé si porque no me salió más fuerte o porque de adrede adopté un tono un poco cínico. Es que tardó mucho en cambiarse en el hotel. Salimos muy tarde, explicó. Después hablamos de Antonio. Me dijo que estaba preocupado por él, Antonio andaba dando botes por la vida, cambiándose de carrera cada dos años, ya tiene veinticuatro años, me dijo, y aún no sabe qué es lo que quiere hacer. Yo apenas le prestaba atención. En ese momento no tenía ganas de hablar de nuestro hijo. Traté de desviar la conversación hacia la salida con el gringo la noche anterior. ¡Para qué te preocupas tanto por el gringo!, me cortó él, de repente pienso que no me crees que anoche salí con Gordon.

Sábado 9:

Otra vez bebí demasiado. Llegamos a la fiesta de Lupe a las diez de la noche. Julia había llegado antes. Estaba apoyada en la chimenea del living. La estoy viendo. Cuando entramos me saludó muy atentamente, demasiado atentamente. Luego se acercó a Agustín y le dio un beso en la mejilla. Un beso en la mejilla. Si no fue más que eso. En toda la noche no hubo más que eso. Ni una mirada. Creo que ni siquiera estuvieron sentados uno junto al otro. Sin embargo, yo sentí la corriente entre ellos dos. Atravesaba el espacio. Como una ola de agua caliente. Era tan palpable... No sé explicar cómo ni qué exactamente sentí, o vi, o escuché, o creí ver, o creí escuchar, pero desde el primer instante, desde que entramos al living y ella me saludó atentamente y luego a Agustín con un beso, sentí que entre ellos dos había algo. Me serví tres tragos antes de cenar y otros tantos después de la comida. Sentía una especie de compulsión. Nunca he sido buena para el trago. A la vuelta Agustín me llamó la atención. Sonaba preocupado. ¿Que te ha dado con el trago ahora último? Estás tomando demasiado. Nunca te había visto así. El otro día fue lo mismo. ¿Tienes algún problema que no quieras contarme? ¿Pasa algo?, me preguntó y me puso la mano en la frente como tomándome la fiebre. Estábamos sentados al borde de la cama. Pensé que me echaría hacia atrás, que me besaría y haríamos el amor, pero no sucedió nada de eso. No, le dije, no me ocurre nada, ando un poco nerviosa, eso es todo. ¡Ah, bueno!, me dijo, me asustaste. Después se puso el pijama y se metió a la cama con un libro. ¿Vas a leer a esta hora?, le pregunté. No tengo sueño, me dijo, pero si te molesta la luz, la apago. Estaba amable. Me dio un beso en la mejilla y apagó la luz. Iba a decirle que la prendiera, que a mí no me importaba nada, pero me arrimé a su espalda y él se movió hacia el lado.

Domingo 10:

Quiero morirme... Nadie se muere porque el marido se enamora de otra, me dijo Lupe cuando le conté. A lo mejor ella no, pero yo sí. La vida sin Agustín se me haría insoportable. ¡Pero no seas loca!, me gritó Lupe por el teléfono, cuando le dije que pensaba separarme, sólo una loca se separa del marido porque el tipo echa una cana al aire. No seas tan moderna, mujer, para ser moderna hay que mudarse a países que hayan superado el machismo, me dijo, y yo, con las pocas ganas que tenía de escuchar su eterna cantinela del machismo me quedé callada. Déjalo que se saque las ganas, después va a volver, todos vuelven, me dijo, y yo no pude evitar pensar con algo de malicia que no todos, su famoso Roberto lleva casi un año en París con la profesora de literatura, parece que se van a casar y Lupe, feminista hasta los huesos será, pero lo sigue esperando. ¡Yo no quiero que se saque las ganas!, grité desesperada, ¡lo que quiero es que no le hubieran dado nunca ganas de meterse con otra mujer! ¿No lo entiendes?

Cuando regresamos de la casa de mis suegros, Agustín declaró que estaba cansado, no quería comer en el comedor, prefería que le llevaran la bandeja a la cama. Mañana tengo un día espantoso, me dijo, ¡ah!, y antes de que se me olvide, no me esperes a cenar mañana. ¿Otra vez el gringo?, le pregunté. No respondió. Me pegó una mirada fría que me traspasó. Comí con Antonio que venía llegando de la playa. ¿Qué te pasa, mamá? Estás con pésima cara. Nada, le dije. Anoche nos acostamos tarde. Estoy cansada. Subí al dormitorio apenas terminamos de cenar. Agustín estaba en la cama leyendo. Me desvestí en el baño, como siempre, me eché un poco de perfume detrás de cada oreja, me arreglé el pelo y regresé a la pieza. Agustín había apagado la luz. Es muy temprano para dormir, le dije metiéndome entre las sábanas. Volvió a decirme mañana tengo un día largo. Me senté de golpe y encendí la lámpara del velador. ¿Qué pasa?, preguntó Agustín volviéndose hacia mí. Tú estás enamorado de Julia, ¿verdad?, le pregunté de sopetón, así no más, como si fuera algo natural, tratando de disimular el temblor de mi voz y de mi alma. Dime la verdad, repetí al ver que no iba a responder, tú estás enamorado de Julia, estás saliendo con ella, dime la verdad, ¿cuándo comenzó todo esto? Hace tres meses, me dijo. ¿Te has acostado con ella?, le pregunté con la voz en un hilo. Sí, me dijo. ¿Te gusta más ella o yo?, le pregunté dejándome llevar por el primer rapto de desesperación. No me hagas esas preguntas, me dijo. No, pero dime en serio, insistí, ¿quién te importa más, ella o yo? Tú, por supuesto, me dijo, por supuesto que tú. ¿Entonces por qué estás con ella? Ella también me importa, me dijo, pero de otra forma. ¿Lo sabe su marido?, pregunté. Sí, me dijo, lo sabe. ¡Lo sabe!, grité. Sí, repitió, Julia se lo ha dicho. ¿Cuándo se lo dijo?, pregunté. Hace un mes, más o menos, contestó pasándose la mano por la frente. Tú estás enamorado de ella, Agustín, te piensas ir con ella, ¿verdad? Te vas a casar con ella, dime la verdad. Vas a dejarme. No, Alicia, me dijo, no voy a dejarte, dame tiempo... ¡Tiempo! ¡Tiempo para qué! Me puse a gritar como una loca. No sé, ya no sé lo que te digo, me dijo, dame tiempo para pensar... ¡Para pensar! Para pensar en qué, Agustín, ¿ah? ¿En qué? Dime, por favor... Alicia, me dijo tratando de calmarme, trato de ser lo más franco posible contigo. Tú me preguntaste y yo te he respondido...

7. Aprender a llevar vida de hombre

El trabajo doméstico es algo que prácticamente ningún hombre considera un trabajo de verdad. Los hombres creen que por las noches llegan los duendes y hacen las cosas de la casa... Nunca se han preguntado cómo ocurre lo que ocurre... Sus camisas están siempre planchadas. Por las tardes, cuando llegan cansados a sus casas de vuelta del trabajo, alguien les sirve un trago. Si tiene apetito, la cena estará servida en la mesa. Duermen a pata suelta, pero no tienen que estirar sus camas. Dejan las toallas mojadas en cualquier parte y luego se encuentran con que alguien las recogió. Llaman desde el celular a la casa de su mamá: «que me tengan comida de dieta»... «que me tengan». ¿Que le tengan quiénes, si en casa no hay nadie más que la mamá, la empleada y la hermana? Los hombres están acostumbrados a que los sirvan, y además están acostumbrados a que quien los sirva sea siempre una mujer. Y no se detienen a pensar en lo que significa, en términos de esfuerzo, la servidumbre. Cualquier mujer que le diga a su marido «yo trabajo el doble que tú», se encontrará con esa cara de no digas sandeces, que ponen los maridos cada vez que la esposa intenta hacerlos comprender que el trabajo de la casa es agobiante.

—Te lo digo: yo trabajo el doble que tú.

—¿Estás loca? Yo paso todo el día en la oficina. Salgo de una reunión para entrar en otra. Los empleados me acosan pidiendo aumentos de sueldo. El secretario casi me vuelve loco cuando no quiere entender que las cartas para el Obispo deben decir «Eminencia» y no «Don Obispo». Trabajo desde las ocho de la mañana hasta las ocho de la noche sin parar. De sol a sombra. ¿De qué estás hablando?

—De que paso todo el día en una oficina como tú y luego llego a la casa y tengo que ver si Antonio hizo las tareas, si Paulina se lavó el pelo, si la Cleme compró la carne, si vino el jardinero a cobrar la cuenta, si el fontanero destapó el baño, si la gotera sigue mojando la alfombra del pasillo, si hay huevos para mañana, si trajeron tu traje de la tintorería y a las once de la noche me meto a la cama extenuada y tú me pides que te haga masajes en los pies... De eso estoy hablando.

¿Remedio para esta trifulca tan común en los matrimonios de hoy en día? Seguir este mandamiento al pie de la letra y hacer vida de hombre. Por un tiempo corto. O hasta que el marido entienda.

Cuando le diga a su marido que ya no da más, que está trabajando el doble que él y que se siente agotada, y su marido no le haga caso y siga leyendo el diario, anúnciele lo siguiente: Agustín, tengo que comunicarte que esto se acabó. De ahora en adelante hago vida de hombre.

Al principio Agustín no comprenderá qué quiere decir usted con eso de hacer vida de hombre y responderá:

—Por mí, macanudo, ni un problema. Haz vida de hombre, a ver cómo te va. El tremendo escándalo que armas por tan poca cosa... Las mujeres son expertas en organizar tormentas en un vaso de agua. Si te agotan tanto las cosas de la casa, no las hagas más y listo...

Entonces usted se pone las pilas y a partir del día siguiente comienza a hacer vida de hombre: llega a las ocho y media de la oficina, deja su abrigo tirado por ahí para que alguien se lo recoja, más allá se saca los zapatos que le apretaban y se echa a descansar en el sillón de la sala de estar con el diario de la tarde, un vaso de ginebra y un cigarrillo. Como a las nueve levanta la cabeza y grita:

—¿A qué hora va a estar lista la cena?

Y vuelve a concentrarse en su diario.

Si Paulina le dice que esa noche quiere salir con sus amigas, le responde: «pídale permiso a su papá». Si Cleme se le acerca para anunciarle que se terminó el aceite, le contesta: «hable con don Agustín». Si Antonio llega con esa cara de muerto que ponen los adolescentes cuando tienen que decirle a la mamá que acaban de chocar el auto, no se inmute, limítese a contestar: «arrégleselas con su papá». Y cuando el perro entre con los ojos lánguidos porque nadie quiere lanzarle la pelota, también lo manda donde Agustín.

Luego, cuando le entre apetito, siéntese a la mesa y espere que alguien le acerque la fuente con la comida, coma lentamente saboreando cada bocado porque usted no tiene nada más que hacer, no tiene que preocuparse de sacar los platos, ni de cambiar los cubiertos, ni de traer el postre.

Después de cenar salga a la terraza a fumarse el cigarrito de la noche, mire las estrellas, escuche un concierto de Schumann, aspire el humo con gusto y échele una última repasada al diario antes de irse a la cama.

Durante toda una semana no vaya a comprar verduras, ni pollos; no se preocupe del jardín, ni del jardinero; no planche ninguna camisa, no lleve zapatos a la zapatería, ni trajes a la tintorería; no compre flores, no lave las sábanas, no pase el plumero, no barra la terraza, no limpie el piso de la cocina, ni los vidrios. Y cuando llegue el domingo saque cuatro cervezas de la nevera, prepárese unos buenos *hot-dogs* y se instala frente al televisor a mirar el fútbol. Cada vez que Agustín intente hablarle, voltee un poco la cabeza, sin quitar la vista de la pantalla y conteste: «después del gol».

Lo que va a ocurrir, se lo digo desde ya, será que a los treinta días de hacer vida de hombre, Agustín entrará a su pieza llorando. Habrá enflaquecido varios kilos, estará pálido como un muerto, le habrá aparecido un tic en el ojo izquierdo, hablará con dificultad y entre sollozos le dirá que necesita un médico. Me encuentro al borde de un ataque de nervios, no doy más, se quejará amargamente, estoy trabajando el doble que tú, primero en la oficina y después en la casa, y tú sentada leyendo el diario sin hacer nada. Lleva una semana tratando de sacarle el sarro a la tina de baño, se le quemaron tres camisas con la plancha y ahora la plancha está mala, la verdulera le vendió la mitad de las papas podridas, el jardinero se enfermó y él tuvo que cortar el pasto con una tijera porque la máquina se echó a perder y no supo dónde llevarla para que la repararan. Tampoco supo limpiar los vidrios del comedor; trató de limpiarlos con una esponja y le quedaron empañados... ¡Quiero hacer mi vida de antes!

—Estás organizando una tormenta en un vaso de agua, mi amor. Los hombres son expertos en eso...

8. Cobrarle al marido lo que el marido le debe

A los veintiún años de casada Rigoberta enfrentó a Telésforo y le dijo: «me debes tres mil dólares y un pasaje de vuelta a Nebraska».

Rigoberta había nacido con una estrella en su frente anglosajona. Pero con los avatares de su vida en Nebraska, en donde aún no había cundido el feminismo ni nada por el estilo y los hombres pasaban trabajando en los maizales para cumplir el sueño americano, mientras las esposas preparaban *sweet corn* y cordero asado, la estrella se le fue borrando.

Rigoberta pasó la niñez cocinando pasteles y amasando el pan, mas su imaginación y las ganas de irse de Nebraska la hacían volar a ese mundo rutilante que soñaba alcanzar cuando grande. Se casaría con un *latin lover* romántico, rico y refinado, de ojos negros y voz de caramelo como el que había visto en una película de Greta Grabo. Vivirían en un departamento amplio y luminoso en Manhattan o quizás en Boston, junto al río que había visto en una foto de la revista *Life.* Sería una famosa periodista de Norteamérica, trabajaría en el *New York Times* y entrevistaría a Greta Garbo, Cecil Beaton y Mercedes Acosta, un trío amoroso que la fascinaba.

Su abuelo Jesse, quien pasaba una mitad del día sentado frente a la casa con un fusil entre las piernas y la otra mitad comiendo chuletas de cordero en la cocina, la escuchaba con aprensión: «Rigoberta, Rigoberta...», pensaba el viejo descendiente de los Taos mesándose la barba.

El día en que Rigoberta conoció a Telésforo Piedrabuena en el *Bull King Bar* de Kearney, Nebraska, Dios estaba distraído. En ese encuentro quedó sellada su suerte. Bastó una mirada para que su destino se tiñera de negro.

Telésforo, recién llegado de Sombrerete, Durango, vio la cara de ángel de Rigoberta y creyó que la Virgen de Guadalupe se la había enviado. Y Rigoberta vio los ojos almendrados, la piel aceituna y el tupido bigote negro de Telésforo y creyó que era el *latin lover* de sus sueños de niña. Al poco rato sus labios se unieron en un beso mitad medio oeste americano mitad Pedro Armendáriz y eso fue todo lo que se necesitó para que Rigoberta se fregara la vida.

Después vino la presentación de Telésforo a la familia y luego vino el matrimonio. Al abuelo Jesse le pareció que ese Telésforo con el enorme bigotón, la pistola al cinto y la cara de malos amigos que ponía a cada rato y por cualquier cosa, no era el marido ideal para su nieta. Cuando fracasó en todos sus intentos por disuadirla le regaló tres mil dólares y asistió a la boda vestido de luto y llorando.

Recién casados, Rigoberta y Telésforo se fueron a vivir a Sombrerete, pero en Sombrerete las mujeres no iban a la universidad ni aspiraban a ser periodistas del *New York Times,* sino todo lo contrario. «Lo único a que deben aspirar las mujeres por estos lados es a preparar un buen champandongo», le dijo Telésforo y fue así como bajo la carne de puerco molida, las nueces, el mole, las almendras, el acitrón, los jitomates, la crema y el queso manchego del champandongo, Rigoberta enterró su carrera de periodismo.

Todos sus sueños se fueron rompiendo, pero el que se estrelló más estrepitosamente fue su sueño del *latin lover...* Ni en la más espantosa de sus pesadillas habría imaginado lo que iba a ser su matrimonio con Telésforo...

A los veinte años de casada le había preparado 7.300 huevos rancheros para el desayuno, 7.300 cenas, de las cuales 200 habían sido guisadas especialmente para los distintos diputados, senadores, concejales, candidatos a la presidencia y otros personeros del PRI, todos amigos de Telésforo. Le había planchado 16.800 camisas. Había parido ocho hijos, había pedido 80 horas al pediatra y comprado 640 pares de zapatos de niños, 17 termómetros, 46.859 pañales y 26 mantillas. Había pasado 400 horas encerrada en el closet llorando porque Telésforo había tenido una docena de amantes, 4 hijos naturales, dos quiebras, un encarcelamiento por cheques sin fondo, 26 campañas políticas y tres infartos al miocardio. Ella le había colocado 423 inyecciones, había encerado la casa 960 veces, se había quemado los dedos en el horno 21.900 veces y le había entregado los 3.000 dólares que le regaló el abuelo Jesse y la cadenita de oro de su Primera Comunión. De los sueños esplendorosos de su infancia quedaban 9.599 tortillas de maíz, 5.000 platos de champandongo, 34 fuentes de chiles en nogada, 22 kilos de mole poblano y 400 litros de caldo de guajolote con ajonjolí. Se le habían engordado las piernas, encanecido la cabeza y trizado el corazón.

Cuando cumplió veintiún años de matrimonio enfrentó a Telésforo y le dijo: «Me debes 3.000 dólares, 7.305 días de plenitud, mi pelo negro, mis cincuenta kilos, 20 ramos de rosas, trecientas copas de champaña, 6.000 noches de amor, una cadenita de oro con mi nombre, un amante que me haga ver estrellas y un pasaje de vuelta a Nebraska».

9. Rezar el Credo

Siempre es conveniente rezar, pero a ciertas alturas del matrimonio es lo único que queda. Se puede rezar el Padre Nuestro, el Ave María y el Ángel de la Guarda, Dulce Compañía, pero la oración que garantiza los mejores resultados en momentos de desesperación es el *Credo de la mujer casada:*

• Creo en un solo amor todopoderoso, en la sagrada institución del matrimonio, su natural consecuencia, y en el sexo su mejor consuelo.

• Creo en la santa paciencia, en la comunión de los intereses, en la tentación de la carne y en el perdón de los pecados.

• Creo en la resurrección del romanticismo, en que más vale una flor que un insulto y en salir arrancando si el marido no tiene claro esto último.

• Creo en la verdad, pero no creo que haya que decirla siempre.

• Creo en el infinito poder del misterio (imprescindible en toda relación), en la necesidad de mantener los propios secretos y en no hacer demasiadas preguntas.

• Creo en la seducción de una camisa transparente, en la bondad de una copa de champaña y en usar la imaginación en la cocina, en la cama y en todo lugar.

• Creo en Dios, en la Virgen y en todos los santos, pero no me parece que sean los responsables de lo que me ocurra en el sagrado matrimonio.

• Creo en los apóstoles, en sus sabias palabras y en su santísimo ejemplo y también creo que debieron predicar más claramente sobre lo que significaba casarse con un machista.

• Creo en las virtudes de mi marido y en las de su madre mi santísima suegra, y creo en la posibilidad de reeducar las virtudes de los dos.

• Creo en la fidelidad conyugal, creo que el amor y el sexo forman un binomio indestructible que permanece intacto a lo largo de la vida, pero no estoy tan convencida de que estas cosas sean ciertas.

• Creo que el matrimonio es un sacramento de a dos y cuando entra un tercero hay que excomulgarlo sin misericordia.

• Creo que la vida juntos es mejor que la vida separados.

• Creo que al final del cuento todo valió la pena, creo en ti y en algunas de las cosas que me cuentas, en los hijos que concebimos por obra y gracia de nuestras noches de amor, en los nietos que concebirán nuestros hijos, en los bisnietos que tal vez no alcanzaremos a ver y en el merecido descanso eterno, amén.

10. Seguir casada hasta que algo (casi siempre será la otra) los separe

De todas las instituciones conocidas el matrimonio debe ser la más compleja. Los que están adentro quieren salir, los que están afuera quieren entrar, una vez que vuelven a entrar quieren volver a salir para entrar de nuevo con otra persona... En los tiempos que corren es un laberinto de entradas y salidas y las salidas no suelen producirse porque «más vale solo que mal acompañado», sino porque aparece «la otra» o «el otro» y el matrimonio se acaba.

Los antidivorcistas alegan que las leyes de divorcio promueven las separaciones, otros dicen que la gente se separa por crueldad mental, por incompatibilidad de caracteres, porque no resisten las manías del marido o de la esposa, porque el marido quiere meterse a cura o porque el matrimonio nunca se consumó. Personalmente pienso que la gran mayoría de las parejas no se separan por estas razones, sino lisa y llanamente porque han dejado de amarse y casi siempre ocurre que ese «dejar de amarse» coincide con la aparición de una tercera persona que se metió en las pupilas, en el alma, en los sueños y entre las sábanas de uno de los cónyuges.

Lo más bonito, sin ninguna duda, es seguir casada hasta que la muerte los separe, pero hay veces en que la muerte es el matrimonio propiamente tal y en esos casos lo mejor es irse.

He visto a mujeres que soportan situaciones francamente intolerables antes de tomar la decisión de separarse de sus maridos y comenzar una nueva vida: amantes de años, malos tratos, indiferencia, camas y piezas separadas, insoportables silencios, malas caras, esclavitud... Y no se marchan hasta que un día se aburren y luego de cometer la locura más grande de su vida van a dar con sus huesos a la cárcel... Como Filomena.

Conversando con el Señor Juez

Esta historia empezó hace muchos años, señor Juez, a usted no le interesa saber cuándo exactamente y yo prefiero no acordarme. La cosa es que me enamoré como una perdida de Filipaki. Usted sabe cómo son estas cosas, señor Juez. Yo era tonta, demasiado joven y para más remate me encontraba en Nueva York, que me parecía un sitio tan romántico. ¿Que qué hacía una chilena ignorante como yo en Nueva York? Cuando don Agustín y la señora Alicia fueron a pasar ese par de años a Estados Unidos llevaron a mi papá de chofer, a mi mamá de cocinera y a mí, claro, no me iban a dejar tirada... Allá me matricularon en el colegio Saint Francis en el Bronx y ahí fue donde conocí a Filipaki, señor Juez, y me enamoré como perdida y me casé. Así, no más, señor juez, sin preguntarle a mi papá ni a mi mamá, porque en Estados Unidos la libertad de cometer tonteras también es respetada por los gringos. Allá se puede quemar la bandera, pertenecer al KKK, publicar que el Presidente se bajó los pantalones delante de una secretaria en un hotel y nadie le dice nada. Siempre que pague los impuestos, en Estados Unidos puede hacer todo lo que quiera. Hasta casarse con un hombre como Filipaki.

Los problemas comenzaron con mi suegra, una mujer de edad indescifrable que andaba vestida de negro y que pasaba el día en la cocina cantando viejas canciones de Atenas. Si me parece que todavía la estoy oyendo: «¡eúrrva to alevri ta froota, eúrrva!», cantaba a voz en cuello a la vez que preparaba *spanakopita* y *taramasalata* y *afelia* y *rizogalo* con queso *feta.* Todo para Filipaki, me decía, y para que aprendas a hacerlo tú, porque al marido hay que servirlo a ojos cerrados, me decía, no hay que preguntarle ni la hora y hay que estar a su disposición para lo que quiera, hasta para morir asesinada si al hombre se le antoja, me decía clavándome los ojos de lechuza. Y mire usted lo que son las cosas, señor Juez, el que murió asesinado fue el mismo Filipaki, pero yo le juro que si no hubiera aparecido Telésforo Piedrabuena yo nunca en toda mi vida me habría separado de él. Mucho menos le habría clavado el cuchillo en la garganta. Sí, señor Juez, en la garganta se lo clavé porque estaba muy oscuro, y ahora viera usted cómo me arrepiento. Lo único bueno es que con este abogado, el señor Cochrane, que contrató don Agustín, parece que me van a tirar menos de un año y hasta puedo salir en libertad antes de un mes. La señora Alicia dice que este señor hace milagros y que hasta los muertos se libran del cementerio cuando él los defiende...

Mi vida con Filipaki era un infierno, cierto que era un infierno, pero yo estaba dispuesta a seguir hasta que la muerte nos separara o hasta que las musas me vinieran a buscar. Mi suegra me tenía aterrorizada con las musas de la mitología griega. Me amenazaba con las deidades femeninas. Van a venir a buscarte si nos fallas, me decía. Van a sacarte los ojos si no sirves a Filipaki como ellas sirvieron a los dioses en el Parnaso de los Delfos, me decía. Y luego, señor juez, evocaba a las hijas de Zeus y de Mnemósine y también a las de Urano y Gaia. ¡Venid, musas!, gritaba la vieja loca, ¡venid a castigar a esta chilena floja que se niega a servir a Filipaki, vuestro descendiente!, chillaba en la cocina del departamento del Bronx y se hincaba en medio de la pieza y las llamaba por sus nombres, ¡Erato, Euterpe, Calíope, Clio, Melpómene, Polimnia, Terpsícore, Talia, Urania! Y yo tan asustada, señor juez, no fuera a ser cosa que alguna de esas mujeres llegara a buscarme... Otras veces le daba con las moiras, las diosas griegas del destino, ¡no las desafíes!, me gritó un día que me negué a comer bacalao con *skordalia.* Mi abuela Roberta me había dicho que el bacalao volvía loca a la gente. Que te den cualquier cosa de comer, Filomena, menos bacalao, me dijo. Yo había sido educada en el campo por mi abuela Roberta. Que no fuera tonta con los hombres, me decía también, que al único hombre que había que servirle un vaso de agua era al moribundo... Ya ve usted que el destino tenía otras ideas para mí.

Mi vida junto a Filipaki y mi suegra fue terrible, señor juez, trabajaba como esclava. No puedo más con tu mamá, le decía a Filipaki. No puedo más con esta existencia de cuervo encerrada en la cocina preparando *iman bayaldi*. Si veo una berenjena otra vez más en mi vida, te juro que me pego un tiro. Si me haces prepararte *apricopita* una vez más te juro que me vuelvo a Chile y este matrimonio se termina. Pero él era cruel y lo que hacía cada vez que yo le presentaba una queja era llamar a su mamá, tal como se llamaba a los leones en el circo romano y me dejaba a solas con ella. ¿Así que no quieres preparar *apricopita?* ¿Vas a dejarlo sin postre? Agarra el cardamomo y las almendras, me ordenaba la vieja, pela los damascos, cúbrelos con cardamomo y azúcar flor, bate las claras de huevo, me decía y luego evocaba al Minotauro y le ordenaba violarme con su cuerpo de hombre y partirme la cabeza con su cabeza de toro. ¡Y aquí no está Teseo para que te salve!, chillaba la vieja loca. Y Filipaki presenciaba la escena apoyado en el dintel de la puerta muerto de la risa. Yo lo odiaba, señor juez, pero iba a seguir casada con él hasta que la muerte nos separara o las musas llegaran a buscarme.

Esta situación se prolongó por años. Llevaba no sé cuánto tiempo entre la cocina del departamento del Bronx y la tienda de comestibles de la esquina, quién sabe cuántos platos de *moussaka, baklava, souvlaki, taramas,* queso *mizithra* y *kefalotyri* y aceitunas calamatas habré preparado, sólo Dios sabe cuántas hojas de parra habré rellenado con la vieja al lado, amenazándome con la diosa de la tragedia: ¡apúrate si no quieres que llame a Melpómene! Hasta que un día apareció Telésforo. ¿Que qué andaba haciendo un mexicano de Sombrerete en Nueva York? Olvidando, señor Juez. Telésforo había estado casado por veintiún años con Rigoberta, una gringa de Nebraska que lo abandonó. De la noche a la mañana lo dejó tirado con los ocho hijos y se llevó los 3.000 dólares que tenía ahorrados.

Qué bonita eres, Filomena, me dijo Telésforo el primer día que nos conocimos en la tienda de comestibles de la esquina, y después me dijo que Dios había escuchado sus ruegos. Yo sospechaba que cambiar a Filipaki por Telésforo podía significar cambiar *spanakopita* y *taramasala* por champandongo y tamales uchepos, pero la Virgen de la Guadalupe se me hacía más conocida que Calíope.

Entre los dos lo planeamos, señor juez. Yo me encargo de la vieja y tú de Filipaki, me dijo Telésforo y salió a comprar los dos cuchillos y esa misma noche, cuando las sombras ya habían caído sobre los cielos de Manhattan, Telésforo se encomendó a la Guadalupe y yo a mi abuela Roberta y entramos en puntillas, él a la pieza de la vieja, yo a la de Filipaki y todo lo demás usted lo sabe. Pero le repito, si no hubiera aparecido Telésforo yo jamás me habría querido separar y muchos menos clavarle el cuchillo en la garganta... Los males desesperados se alivian con remedios desesperados, o no tienen alivio, señor juez. Así dijo la señora Alicia que había dicho el rey de Dinamarca.

V

Los mandamientos de la mujer separada

V. Los mandamientos de la mujer separada

Al comienzo de este libro decía que las mujeres son quienes más sufren en la sociedad machista. Por supuesto. Y entre las mujeres quienes peor lo pasan con esta lacra son las que están separadas de sus maridos. El lapso de tiempo que transcurre entre que la mujer se separa del marido y se vuelve a casar figura entre los períodos más difíciles en la vida de cualquiera que haya pasado por la experiencia. Al hecho de estar sin pareja se suma mantener la casa con medio sueldo, lidiar sola con la crianza de los hijos, interrumpir la vida sexual satisfactoria.

En cuanto la mujer se separa las cosas se complican y la vida pierde en calidad. La casa es más pequeña. Ya no hay auto porque el auto era del marido. Se acabaron las dos semanas en la playa para las vacaciones porque era el marido quien podía alquilar la casa de la playa. Ya no hay almuerzos familiares los domingos porque la familia se dividió. Ya no hay armonía: la mamá está molesta con la familia del papá, el papá está molesto con la familia de la mamá y los hijos son el jamón del sandwich... Fuera de la casa el mundo está organizado para las parejas. Las parejas salen juntas por el fin de semana, van juntas al cine, van juntas a los restaurantes, van juntas a los conciertos de música, van juntas al estadio a ver el fútbol y si todo eso no es tan cierto (y muchas veces no lo es), lo cierto es que así lo percibe la mujer separada... «Ando viendo parejas felices por todas partes».

La soledad aprieta siempre. A una mujer separada le aprieta más, pero hay nueve mandamientos que alivian considerablemente este lamentable y por suerte casi siempre transitorio período de nuestras vidas:

1. Ser amiga del ex marido.
2. Deprimirse lo menos posible.
3. No usar a los hijos de recaderos.
4. No llenar la casa de «tíos».
5. Defenderse de los viudos de verano.
6. No tomar trago sola en las noches.
7. Hacerles el quite a los amores de media tarde.
8. Gozar de la vida sin pareja.
9. Reconocer la diferencia entre un potencial marido y un potencial desastre.

1. Ser amiga del ex marido

El ex marido puede ser el ex amante, la ex billetera o el ex compañero de ruta, pero sigue siendo el hombre que una amó, el padre de los hijos y el compañero que un día se eligió para pasar junto a él toda la vida... No hay ninguna separación que pueda restar, minimizar o quitar eso.

El ex marido se va de la casa, pero no se va nunca de la vida, y el papel que pasa a jugar este hombre en la existencia de su ex mujer fluctuará entre ser el mejor amante hasta la peor pesadilla, pasando por el buen amigo, el perfecto extraño, el enemigo número uno.

Hay muchos casos (más de los que una se imagina) en que el ex marido se convierte en el amante. Nadie sabe a ciencia cierta cómo ocurre. Qué es lo que enciende la llama otra vez. Ellos que hasta ayer se odiaban, hoy están durmiendo la siesta en un motel... Es una buena solución para toda la familia. Usted sale con él un par de días a la semana. Hacen el amor, escondidos hasta de sus sombras, eso sí, porque de las relaciones clandestinas ésta debe ser una de las más clandestinas. Entre cigarrito y cigarrito hablan de los niños. Se dicen que aún se aman. Puede ser que no les resulte vivir juntos, pero se aman. Y se redescubren. Se me había olvidado lo rica que eras para el amor, le dijo Roberto a Lupe esa vez. A mí también, dijo ella. ¿Por qué no hacíamos el amor más seguido?, preguntó Roberto. No sé, dijo Lupe y se quedó pensativa. De veras, no lo entiendo. A lo mejor no hay nada que entender, dijo Roberto acariciándola de nuevo... Quedaron de verse de nuevo. «¿Mañana?» «Mañana».

Es estupendo para todos. La mujer queda feliz, el marido queda tranquilo y los niños están encantados porque el papá y la mamá son íntimos amigos. Altamente conveniente y muy recomendable para el equilibrio mental y la salud. Siempre y cuando no exista una segunda señora, claro. En ese caso más vale mantener al ex marido en la ilusión del reencuentro. Nada más.

El ex marido amante es el ideal para muchas mujeres, sobre todo para aquellas que siguieron enamoradas de él toda la vida. Lo malo es que no se da muy a menudo. Más frecuentes son los casos al revés: el hombre que ha quedado con su orgullo herido y que jamás perdonará a la mujer que lo abandonó por otro. Este debe ser, casi sin duda, uno de los ex maridos más difíciles. Porque es vengativo. Porque la mujer tocó una fibra que en la sociedad machista no se debe tocar nunca. En la sociedad machista no se abandona al hombre sin pagar las consecuencias. No se manda a cambiar con otro dejando a un «macho» sentado en su escritorio. ¡Cómo se le ocurre! El macho herido intentará quitarle a los niños, le echará todo el poder que tenga a mano encima, si es rico olvídese de salir bien parada del asunto, entre él y su abogado arreglarán las cosas para dejarla sin un peso, la tildarán de prostituta delante de un juez (y el juez tampoco le pondrá buena cara), el ex marido se negará a apoyarla económicamente y dejará en claro desde el comienzo que usted no podrá contar con él para nada, ni para morirse... Otra cosa: los machos heridos en su amor propio son peligrosos no sólo porque le hacen la vida imposible a la mujer, sino porque suelen causarles grandes traumas a los hijos. En las sociedades machistas a los niños les conviene más que sea el papá quien abandone a la mamá. Un hombre con sentimientos de culpa sigue pagando el arriendo y la cuenta del gas y se preocupa de sus niños; uno con el orgullo herido no sólo no paga nada y se desentiende de sus responsabilidades, sino que manipula a los hijos en contra de la mamá. Se cree depositario de una especie de derecho natural de vengarse. Como ella fue quien lo abandonó alguien tiene que pagar la ofensa...

Otro ex marido muy difícil para lidiar con él es el que junto con irse de la casa se va de la vida de los hijos, se desentiende de ellos o a lo más pasa con ellos uno que otro sábado tedioso en que padre e hijo se miran y no saben qué decirse. ¿Cómo te ha ido en el colegio? Bien, papá. ¡Ah!, qué bueno.... ¿Te sacaste buenas notas?... Silencio...

O el que se casa de nuevo y tiene otros niños y hace su vida como si el pasado le molestara y quisiera borrarlo del mundo (del suyo); los hijos del primer matrimonio pasan a ser hijos de segunda categoría, la primera mujer pasa a ser un estorbo y todo cuanto le ocurre pasa a ser «tu problema, yo no tengo nada que ver».

Menos mal que a la hora del ex marido no todas son malas noticias. Existe uno que es el sueño de toda mujer separada y desde luego es el sueño de todos los hijos de padres separados: el buen amigo. Cuesta mucho creer que exista tal cosa como un ex marido que es a la vez un buen amigo, pero se da. Yo lo he visto con mis propios ojos. Una de mis mejores amigas vive en perfecta armonía con su ex marido. Ella en una casa, él en la casa de al lado. Ella con los niños de ambos, él con los niños de ambos. Las casas ni siquiera tienen rejas que las separen y los niños se pasan de un lado al otro como tiene que ser y mi amiga también.

Hay un otro marido de reacciones complejas, al que cuesta un mundo entender. Manda mensajes contradictorios y es bien difícil lidiar con él. Se trata del hombre que se erige en enemigo público número uno de su ex mujer. La acosa. Contrata detectives para que la vigilen. Le quita el saludo. Se niega a verla y a conversar ningún asunto con ella. Es seco, frío, antipático. Parece que la odiara y la odia. El problema está en que la odia porque sigue enamorado de ella.

Cualquiera que sea el ex marido que le toque, conviene estar preparada para enfrentar una relación complicada, en donde puede haber malos entendidos, rencores, frialdad y actitudes que no se perdonan o no se quieren perdonar.

El abandono suele ser el punto donde parte la grieta. No hay cómo hacerle el quite al dolor de haber sido rechazados y cambiados por otro: una de las penas más fuertes que se puede producir en una pareja.

No existe la separación alegre y lo más lamentable de la historia es que, generalmente y a la vuelta de la vida, por lo menos uno de los actores del drama se declara arrepentido de haber roto el matrimonio. «Para qué habré extremado las cosas hasta ese punto. Podríamos haber hecho el esfuerzo, haber actuado con menos ligereza, podríamos haber intentado sortear las dificultades. Yo podría haber sido un poco más madura».

El dolor es el sello del cuento. Todos quedan dolidos y echándose las culpas, y entre gritos y trifulcas se dicen esas cosas atroces que no se pueden borrrar, ni hacer como si no se hubiesen dicho, y vienen los insultos y los portazos, y el hombre se va de la casa o se va ella y los niños quedan llorando y empieza un largo calvario para toda la familia... La separación matrimonial es la gran pesadilla de la vida moderna.

Una vez roto el vaso, derramada la leche, destruida la casa, trizada la familia, quedan pocos camino claros a seguir. Sin embargo, aún hay algo cuerdo que puede intentar lograrse: ser amiga del ex marido (de la ex mujer en el caso de él). Tener una buena relación con el ex es la cosa más inteligente a que puede aspirarse después de una separación matrimonial. Y si no le resulta ser su amiga porque al ex marido no se le quita esa cosa torva que le produce la ex mujer o ella no logra superar ese profundo rencor que le produce el ex marido, hay que aspirar a lo mínimo, que es una relación civilizada.

Suena fácil de hacer y sin embargo suele ser muy difícil... Si fue el marido quien la abandonó por otra mujer, la esposa no queda, como se dice románticamente, tragándose la tristeza, restregándose las manos mojadas por la angustia, recordando al ex marido y escribiéndole cartas de amor que luego rompe. No queda suspirando como una Dama de las Camelias echada en un diván rememorando tiempos perdidos, enamorada y agradecida de los buenos tiempos que él le dio... ¡Cómo se le ocurre! Queda muerta de rabia, de odio, de rencor, hace puras tonterías, lo llama por teléfono para insultarlo, le cierra la puerta de golpe cuando él va a visitar a los niños, habla pestes de él ante sus amigos, deja de llamarlo por su nombre y empieza a hablar de González, «no me hables de González, no quiero ni saber de ese tipo». Y el otro, claro, entra en el mismo circuito y comienza a detestarla, ahora sí que comienza a detestarla...

Si la cosa fue al revés, si fue la esposa quien lo abandonó por otro, el asunto se complica todavía más y las posibilidades de tener una buena relación son aún más remotas...

Pero hay otra barrera, tal vez la más compleja, que es necesario atravesar para ser amiga del ex marido: la segunda mujer. Para la segunda mujer la primera será siempre un fantasma molesto. Pase lo que pase, se haya dado como se haya dado la historia de la separación, no importa quién haya abandonado a quién, la segunda mujer verá a la primera como una amenaza para su felicidad. Oscar Wilde lo puso así: «Cuando una mujer se casa de nuevo es porque detestaba al primer marido. Cuando un hombre se casa de nuevo es porque adoraba a la primera mujer. Las mujeres prueban la suerte; los hombres la arriesgan». Yo no estoy para nada de acuerdo con esta afirmación de Wilde, pero las segundas esposas suelen actuar como si pensaran lo mismo...

La actitud de la segunda mujer que trata de hacer borrón y cuenta nueva con los sentimientos del marido, con su vida pasada, con los hijos que tuvo, con la primera mujer a quien amó, es uno de los escollos más difíciles de superar para establecer una relación civilizada. Y aquí entra a tallar la tantas veces comentada debilidad y comodidad del propio ex marido, quien prefiere agachar la cabeza y no saber más de su ex mujer (y muchas veces de sus hijos) con tal de evitarse un conflicto —siempre será un conflicto hablar con o de la primera esposa, mandarle una tarjeta de Navidad y para qué decir nada convidarla a tomarse un trago para saber qué ha sido de su vida. Cualquiera de estas cosas constituirá una ofensa para la segunda mujer.

Prácticamente no existen mujeres separadas

cuyos maridos se hayan casado de nuevo que no tengan este mismo problema. Si no hay hijos, olvídese del problema... Pero si los hay, hágase amiga de su ex troglodita. No se ha descubierto ninguna pomada mejor para cicatrizar el tajo en el alma que se les produce a los niños con la separación.

2. Deprimirse lo menos posible

Lupe en la camilla del siquiatra

...Y en la tarde regresé a la casa y me puse a leer a Píndaro, «ni por tierra ni por mar hallarás el camino que conduce adonde están las hipérboles» y sus frases me hicieron recordar aquella otra de Nietzsche, «nuestra vida y nuestra felicidad se halla más allá del norte, de los hielos, de la muerte» y entonces dejé el libro en la mesa y entré a la cocina a buscar otro vaso de vodka. ¡Ay, Señor, me escuché suspirar, Dios estaba pensando en otra cosa cuando yo nací, estaba enfermo, como decía el poeta peruano, enfermo grave...!

En ese momento no me cabía duda de que mi felicidad se hallaba más allá del norte, de los hielos y de la muerte, la muerte, la muerte, la muerte y la palabreja siguió sonando y sonando en mis oídos hasta que no sé cómo me encontré frente al espejo del baño con el frasco de pastillas en la mano. Debe ser el vodka el que me tiene así, alcancé a pensar y me las tomé...

—Siga.

—En eso sonó el teléfono y era Roberto. Me preguntó qué me pasaba que estaba con esa voz tan rara y yo qué iba a decirle; nada, no me pasa nada, qué quieres que me pase, no me pasa nada...

—¿Y qué más?

—Nada más.

—Siga hablando.

—No se me ocurre de qué más hablar.

—De lo que se le venga a la cabeza. De cuando era chica. Del colegio. De lo que sea. Hábleme...

...Pero yo no quería seguir hablando con ese enano con olor a chicle de menta. No seas tonta, me dijo Alicia, es el mejor siquiatra que hay, no puedes quedarte con esa depresión sin que nadie te la trate...

La mujer recién separada y la depresión andan casi siempre juntas. La separación es una muerte como cualquiera otra y hay que hacer el duelo. La recién separada se encuentra absolutamente sola en una experiencia vertiginosa y desconocida en la cual no sabe cómo conducirse, ni qué hacer para manejar el caos y la tristeza que la acosan.

Martes 3

Pienso en Roberto, pero en el Roberto de antes de la profesora de literatura, en el Roberto de cuando todavía me quería y me pongo a llorar. Tengo miedo de dormir en esa cama la mitad vacía. Me tomo un somnífero y entre sueños turbulentos veo la cara de Roberto y un poco más allá la de la profesora de literatura y despierto sudando. Vuelvo a dormirme y esta vez vuelvo a soñar con Roberto. Ahora no está ella. Es el Roberto de siempre. Estamos en una playa. Me embarga una gran felicidad. Espero que se precipite hacia mí y me abrace, pero en lugar de hacerlo se va alejando y alejando y se va metiendo al mar hasta que ya no veo más que su cabeza fuera del agua. Un poco más allá flota la cabeza de la profesora de literatura. Vuelvo a despertar sudando.

Miércoles 4

Llamé a Alicia temprano en la mañana. Ayúdame por favor, Alicia, no sé qué hacer. Paso todo el día llorando y en la noche no puedo dormir. Tengo unas pesadillas atroces, le dije.

Déjame contarte la historia de mi tía Dorita, me dijo Alicia. Cada vez que alguien se deprime, Alicia recurre a la historia de esa tía loca que veía el vaso medio vacío, la que se lanzó al Sena en París. ¿Quieres que termine en las aguas del Mapocho?, le pregunté furiosa. Alicia no sabe lo que es el tino. No, mujer, es para que recuerdes que también es posible ver el vaso medio lleno, replicó. Bueno ya, le dije, sabiendo que me iba a contar la historia de todas maneras. Y me la contó. Cuando la tía Dorita era niña su madre le ponía al frente un vaso de agua hasta la mitad y le preguntaba ¿cómo lo ves? Y ella siempre contestaba lo mismo: medio vacío, medio vacío. Nunca lo veía medio lleno. La mamá se desesperaba y hacía el experimento una y otra vez. ¿Cómo lo ves ahora? Medio vacío, respondía Dorita.

Más tarde, cuando era una linda joven y los hombres se acercaban y le decían un piropo, ella ponía su peor cara de lástima y decía: «¿De qué me sirve ser linda y joven ahora si en cincuenta años más voy a ser una vieja de mierda que no sirve para nada y veinte años después de eso voy a estar muerta?» Cuando salía a caminar por la playa al atardecer y alguno de los muchachos de entonces se le acercaba y le ofrecía acompañarla, Dorita contestaba: «¿Adónde me va a acompañar si yo no voy a ninguna parte?»

La única vez que alguien pidió su mano, ella se quedó mirándolo con esos ojos agobiados que tenía y le preguntó: «¿Para qué quiere casarse conmigo si lo más probable es que yo me vuelva loca como Lorena Bobitt y en la noche menos pensada lo opere con el cuchillo de la cocina y hasta lo mate?»

El colmo de su negatividad se produjo el día en que su mamá, viendo que Dorita iba derecho a ser una señorita prolongada, volvió a hacerle la prueba del vaso con agua hasta la mitad y esta vez le echó anilina de color para que se viera más claramente la división y le preguntó «¿cómo lo ves?» y Dorita declaró que no lo veía.

Entonces, el papá decidió llevarla a Europa. Se fueron en barco. Ya en Callao, Dorita quiso lanzarse a las aguas peruanas, «¿de qué me sirve seguir viviendo si este barco va a naufragar en el triángulo de las Bermudas?»

En Europa el papá no escatimó esfuerzos

ni gastos para enseñarle las maravillas del viejo continente y entusiasmarla con algo en la vida. La llevó a la Catedral de Burgos en España, a los mejores museos de Londres, a las colinas de pinos y aldeas blancas de Portugal, le mostró las obras de arte de Florencia, las callecitas de Brujas y Gantes, la paseó por las aguas azules del lago Lucerna y contrató una góndola para recorrer el Gran Canal de Venecia. Pero nada de todo esto la entusiasmó: «¿Para qué me va a gustar Europa si cuando me dé Alzheimer este viaje se borrará de mi memoria?»

Cuando pasaron por París se lanzó al Sena y mientras se estaba ahogando gritaba: «¿De qué me va a servir ahogarme si hay otra vida y todo va a empezar de nuevo?»

Jueves 5

La historia de la tía Dorita me ha quedado dando vueltas por la cabeza. Volví a llamar a Alicia. ¿Y qué edad tenía cuando se lanzó?, le pregunté. Treinta y dos, me dijo Alicia. La misma edad tuya. Cuando cortamos le eché agua a un vaso hasta la mitad, lo coloqué sobre la mesa frente a mí y lo vi medio lleno. Estaba en eso cuando sonó el teléfono. Era Roberto. ¿Qué estabas haciendo?, me preguntó. Estaba haciendo un experimento con un vaso de agua, le dije. ¿Y lo viste medio lleno o medio vacío?, me preguntó. ¿Cómo sabías que se trataba de eso?, le pregunté sorprendida. Es que acabo de hablar con Alicia, me dijo... La bocona de Alicia...

Viernes 6

Me llamó Roberto de nuevo. Te echo de menos, me dijo. ¡No te creo!, le contesté yo. Te digo que sí, mujer, ¿qué vas a hacer esta tarde?, me preguntó y yo mirando el vaso medio lleno, que había quedado en la cocina desde el día anterior, le dije que no tenía ningún compromiso. ¿Por qué me preguntas? Porque tengo ganas de verte, me dijo. ¿Te paso a buscar a las seis? Casi le pregunté por la profesora de literatura, sabía que habían regresado juntos de París, pero me quedé callada. Él sabrá, me dije a mí misma, qué tengo que meterme en sus cosas. Perfecto, le dije, te espero a las seis...

La depresión de Lupe terminó cuando se convirtió en la amante de su ex marido, pero las depresiones postmatrimoniales no suelen terminar así... El problema está en cómo se evitan, cómo se hace para enfrentar una vida que no tiene nada que ver con los sueños matrimoniales que se empezaron a forjar el día en que el novio le puso un anillo en el dedo y se derrumbaron el día en que le dijo que se iba por un tiempo «hasta que se calmen las cosas» y usted sabiendo que las cosas no se iban a calmar a menos que un tren atropellara a la profesora de literatura...

No existen respuestas fáciles. Sin embargo, y a estas alturas de los avances de la siquiatría y de los fármacos («Dios está en la farmacia», dice una amiga mía), mi modesta opinión es que para deprimirse lo menos posible el mejor remedio sigue siendo enamorarse de otro. «Un fuego apaga otro fuego. Una pena se calma con el sufrimiento de otra. Da vueltas hasta que te acometa el vértigo, y te serenarás girando en dirección contraria. Un dolor desesperado, con la aflicción de otro se remedia. Coge en tus ojos alguna nueva infección y desaparecerá el violento veneno del mal antiguo», le dijo Benvolio a Romeo.(*)

(*) Shakespeare, William, *Romeo y Julieta.*

3. No usar a los hijos de recaderos

Los hijos de padres separados han perdido un eslabón en la cadena de la felicidad. Y no hay cómo reparar totalmente el daño que se les ha infligido. La separación en sí ya es traumática, sin embargo lo peor suele venir después, en ese tiempo de tira y afloja que invariablemente sobreviene a una separación y en el cual los hijos quedan al medio. «En ese período, el sufrimiento inicial puede ahondarse hasta el infinito. Cuánto se ahonde dependerá casi exclusivamente de la estupidez del papá y la mamá», ha dicho la sicoterapista norteamericana Laura Schlessinger.

Entre las estupideces que pueden hacerse en ese tiempo, las más comunes son usar al niño de recadero, hablarle mal de su madre o de su padre, chantajearlo y manipularlo emocionalmente. El papá intenta, desde el primer día, convencer al niño de que él no es el culpable de la separación, sino la mamá. La mamá por su cuenta hace exactamente lo mismo. El papá quiere atraerlo a su terreno, la mamá quiere atraerlo al suyo y la manera de hacerlo consiste en que cada cual le habla pestes del otro. «Si tu mamá no fuera tan loca y tan histérica y medio alcohólica yo nunca me habría separado de ella». «Y si yo hubiera sabido que tu papá era un traidor capaz de tantas mentiras, jamás me habría casado con él». Y en tanto los «adultos» se descueran el alma, el niño piensa: «De esa loca histérica, manipuladora y medio alcohólica y de ese traidor mentiroso nací yo, ¿cómo iré a ser cuando grande?»

Cuando Julia se enamoró de Agustín y una noche le dijo a su marido: «Tengo que hablarte de algo», el marido le dijo «no me digas nada que ya lo vi. Siempre supe que volver contigo era un error, así que regresa a tu vida de separada que obviamente te gusta más». Julia se puso a llorar y él se levantó de la cama y se vistió y se fue de la casa y al día siguiente le mandó a un abogado. Tomás entonces comenzó a ser el recadero entre su papá y su mamá...

—Dile a tu papá que me tiene harta, que si este mes no me deposita el quince, tal como quedamos, se las va a ver conmigo.

—Pero, mamá...

—¡Dile eso!

El papá:

—Dile a tu mamá que yo no soy el banco de esta casa, que si me demoro dos días en depositarle se aguante lo mejor que pueda y de paso dile que está gastando como un país en guerra.

—Pero, papá...

—Te digo que le digas...

La mamá:

—¿Le diste mi recado?

«Me tienen hasta la tusa con los recados, ¿por qué no se lo dice ella misma? El otro día le recomendé a Javiera que se hiciera la lesa. Cuando mi mamá te pida que le des un recado a mi papá dile que bueno y después no se lo das, le dije. Pero como Javiera es tonta fue y se lo dio y quedó la embarrada».

—¿En qué estás pensando, Tomás? ¿Le dijiste a tu papá?

—Sí, mamá...

—¿Y le dijiste que hasta aquí no más llegamos, que el lunes lo va a llamar mi abogado, a ver si este mes me sale con la misma gracia y que el juicio de alimentos está en el tribunal y que él tiene una orden del juez?

—Sí, mamá, se lo dije todo.

—Amoroso... (Y le acaricia la cabeza.)

El papá:

—Dile a tu mamá que llame a todos los abogados que quiera, que me meta preso si le da la gana, que arme un escándalo público, pero que de ahora en adelante no le doy ni un peso. Me aburrí.

—Sí, papá...

«Dile a tu mamá». No existía ninguna frase que Tomás detestara tanto. Cuando llevaba tres meses llevando mensajes para lado y lado decidió cambiar los recados.

Julia le decía:

—Dile a tu papá que me tiene harta y que me deposite el quince.

Tomás transmitía:

—Mi mamá te manda saludos y dice que si no puedes depositarle la plata no importa, ella espera.

El papá respondía:

—Dile que agradezco su gentileza y su paciencia, pero que no me joda más con lo del cheque, cuando pueda se lo mando.

Tomás transmitía:

—Dice mi papá que te manda un beso y que el cheque va a estar en la casa el jueves.

Julia le decía:

—Dile a tu papá que es un carajo, ya han pasado dos jueves y el cheque no ha llegado.

Tomás transmitía:

—Mi mamá dice que eres un amor y que sigue esperando la plata...

Un día el marido le mandó una flor.

—Dile a tu papá que gracias por la flor.

Fue la primera vez que Tomás no tuvo que cambiar el recado.

4. No llenar la casa de «tíos»

Una noche de abril

Mi querido diario: Mi mamá me llamó al colegio y me pidió que pasara a buscar a Javiera a su colegio. Me dijo que almorzaría con el tío Agustín y que iban a tardar un poco, pero que a las cuatro en punto estarían de vuelta en la casa. Quiero que conozcan al tío Agustín, me dijo, así que no pasen a ninguna parte, vénganse derecho a la casa. Te va a gustar el tío Agustín, es un encanto, me dijo. (Otro tío un encanto, pensé para mis adentros pero no le dije nada de eso, pobre mamá.) De acuerdo, le contesté, no te preocupes, yo paso a buscar a Javiera.

Javiera estaba esperándome en la puerta de su colegio con la cabra pecosa que la otra vez me quiso pagar diez pesos para que le mostrara la pirula y yo me negué porque me carga esa cabra intrusa. «¿Por qué te atrasaste tanto»?, me dijo Javiera, ya íbamos a partir solas. ¿Y ella también va con nosotros?, le pregunté mirando fijo a la cabra pecosa. ¿Te importa, acaso?, dijo la pecosa con su voz de pito. Me importa, dije yo, el tío Agustín va a estar en la casa con mi mamá y mi mamá dijo que esta tarde no podíamos llevar amigos. Eso no era cierto, pero lo inventé para deshacerme de ella.

En el camino Javiera me preguntó quién era el tío Agustín. Le dije que no sabía, que seguramente era algún amigo nuevo de la mamá... Pero cuando los llama «tíos» son más que amigos, dijo Javiera que es más viva que el hambre. ¿Y cómo sabes tú que son más que amigos?, le pregunté. Porque la otra vez, cuando mi mamá andaba con el tío Alberto, ¿te acuerdas?, llegué más temprano porque la señorita Contardo suspendió la clase de castellano y los encontré en el sofá del living y la mamá tenía las faldas levantadas y se le veía el calzón y el tío Alberto le estaba haciendo cosas de grande y la quería ahogar... ¿La quería ahogar?, le pregunté, ¿cómo que la quería ahogar? Sí, porque la estaba apretando por aquí, mira, apretando harto y por acá también y la mamá casi no podía respirar. ¿Y tú qué hiciste?, le pregunté y ella me dijo que le había preguntado a la Domitila: oye Domitila, ¿quién es ese señor que está con mi mamá en el sofá del living y que la quiere estrangular? Y la Domi le dijo que no fuera intrusa, que no metiera sus narices en cosas de gente grande.

Llegamos a la casa un poco antes de las cuatro y la mamá estaba en el living con el tío Agustín. Es bien feo. Gordo. Medio pelado. El tío Alberto era más joven. Niños, les presento al tío Agustín, nos dijo la mamá, Agustín, éstos son Tomás y Javiera. Después dijo que esperaba que nos lleváramos bien y él asintió con la cabeza. Es bien serio. No se ríe nunca. Nos llevó una caja de chocolates y esa noche, mientras comíamos en el repostero, le comenté a Javiera que íbamos de mal en peor: el tío René nos regaló una bicicleta a cada uno, ¿te acuerdas, Javiera? Y Javiera se acordaba, aunque no tenía más de cuatro años se acordaba perfectamente bien. El tío Cristián me regaló un autito y a Javiera una Barbie. El tío Alberto nos regaló un libro a cada uno. El otro tío del cual nunca supimos el nombre porque parece que andaba enfermo de algo (la Domi dijo que tenía la depresión porque nadie le quería publicar la novela que había escrito hacía diez años), ése no alcanzó a hacernos regalos. No llevaba ni una semana saliendo con mi mamá cuando lo internaron en una clínica y sigue en la misma clínica. Dice la Domi que ése ya no sale... Y ahora nos tocaban chocolates. Te digo, Javiera, vamos de mal en peor, le repetí a mi hermana y la Domi largó una carcajada y dijo que era porque la mamá estaba más vieja. Mientras más viejas son, peores son los regalos para los chiquillos, dijo y se volvió a reír. A mí me carga cuando la Domi habla de mi mamá de esa manera. Me arrepentí de haberle dicho a Javiera que íbamos de mal en peor...

Un mes después.

Mi querido diario: el tío Agustín no me gusta. No me gusta nada. Me da miedo. Habla muy mal de la Iglesia Católica, dice que Dios no existe y que él quiere «reeducarnos». Yo le pregunté a la Domi cómo se hacía eso y la Domi dice que son locuras que se le ocurren al «bacalao», así lo llama ella, y que debemos tener paciencia porque ella le hizo una manda a la Virgen para que mi mamá lo mande a cambiar con viento fresco, «este caballero es la reencarnación del diablo, Tomasito, es ateo, no cree en Dios y anda diciendo que la única cosa más peligrosa que el plutonio son los curas». Tiene razón la Domi. El tío Agustín es muy raro. Si no se va él, me voy yo, le dije a Javiera. ¿Y adónde te vas a ir, ridículo?, me contestó ella. Lo que pasa es que Javiera es patera y para caerle bien al tío le pide que le lea en voz alta párrafos de ese libro que lee todo el santo día. La otra vez le dijo: tío, ¿le importaría leerme un párrafo en voz alta y yo lo grabo para mostrárselo a mi profesora de castellano? Y al tío Agustín, qué le han dicho. Se puso como pavo inflado y agarró el libro y comenzó a leer en voz alta mientras Javiera grababa con la grabadora que él mismo le regaló para su cumpleaños: «Yo condeno al cristianismo, yo lanzo contra la Iglesia cristiana la más terrible de las acusaciones que haya formulado jamás fiscal alguno. Considero que dicha Iglesia representa la mayor corrupción imaginable, que significa la voluntad de corromper de la forma más definitiva posible. La Iglesia cristiana no ha dejado de corromper cuanto ha tocado; ha desvalorizado todo lo valioso; ha convertido toda verdad en mentira, y toda honestidad en vileza del alma...» Y mientras leía, mi mamá se iba poniendo más y más pálida y yo veía venir la tormenta, y en la noche, después que el tío Agustín se fue nos dijo que tiráramos la cinta a la basura, que el tío Agustín estaba atravesando por una crisis de identidad y que además era un desatinado, no fuéramos a creer que aquellas eran ideas suyas, sino de un filósofo loco que se llamaba Nietzsche y que por suerte ya murió.

Una semana más tarde

Querido diario: te tengo una buena noticia. Mi mamá terminó con el tío Agustín y el tío Agustín volvió con su señora. La mala noticia es que mi mamá pasa tomando trago. La Domi dice que es para pasar los malos ratos...

Otra noche de otro abril

Querido diario: mi mamá me llamó al colegio para avisarme que ella me va a pasar a buscar con un amigo. Te va a encantar el tío Carlos, es un amor, me dijo, y me pidió que saliera un poco más temprano para ir a buscar a Javiera. Espérenme en la esquina del supermercado, me dijo.

Javiera estaba con la pecosa intrusa que me quiere pagar diez pesos. ¿Otro tío?, preguntó la pecosa cuando me escuchó decirle a Javiera. ¿Y cuántos tíos tienes tú?, quiso saber la voz de pito. Me carga esa niña, la próxima vez que me ofrezca pagarme diez pesos le voy a cobrar cuarenta y voy a salir arrancando... ¿Qué te metes tú, intrusa?, le dije y agarré a Javiera del brazo.

Llegamos a la esquina del supermercado y mi mamá y el tío Carlos nos estaban esperando.

Es alto. Flaco. Hace clases de literatura en una universidad y la Domi dice que espera en Dios que mi mamá no se case con él porque nos vamos a morir de hambre... ¿Les gustó Carlos? ¿No es cierto que es un tesoro?, nos preguntó la mamá cuando el tío se despidió. Yo no le dije nada porque apenas lo conozco, pero en la noche me puse a rezar para que cuando sea grande no me toque ser el tío de nadie.

5. Defenderse de los viudos de verano

El viudo de verano es un hombre felizmente casado con su mujer hasta que la muerte los separe, entre el viernes a las ocho de la noche, hora en que llega a la playa en donde ella se encuentra veraneando con la familia, y el domingo a las cinco de la tarde, hora en que parte de vuelta a la ciudad.

De este hombre tiene que cuidarse tanto como del jefe de la oficina, del amante de media tarde o del que le pide plata prestada... El viudo de verano es uno de los tantos tipos peligrosos que le caen encima a la mujer separada.

Las cosas con este espécimen del machismo suelen comenzar así:

Son las cinco de la tarde. El sol está cayendo en el mar. La gente comienza a retirarse de la playa. Usted quiere llevarse los últimos rayos para que iluminen su semana de mujer separada que trabaja en la ciudad. ¡Ay, quien fuera rica, quien pudiera quedarse en este lugar toda la semana!

En eso se le acerca el viudo de verano y le ofrece llevarla de vuelta a Santiago.

A la altura de Calera están hablando del clima, de que la playa estaba demasiado llena de gente, de que es una lata no poder quedarse toda la semana, de lo bien que se debe estar allí con la playa medio vacía, de las cosas que hicieron durante el fin de semana, de que mal que mal son bastante afortunados porque hay tanta gente que no puede darse el lujo de pasar un fin de semana cerca del mar. De «wikenear», le dice él y se ríe de la cantidad de términos en inglés que se han introducido al español. ¡Ah, sí!, exclama usted, ahora todos dicen «chequear», «faxear» y pronto comenzarán a decir «imeliar», y él se ríe de su ocurrencia.

Antes de entrar al túnel y como quien no quiere la cosa, él le pega otra clase de mirada y le pregunta de sopetón: ¿cómo se dice amor a primera vista en inglés? y usted responde *love at first sight* y él, entonces, le hace un cariño (que aún puede considerarse fraternal) en la cabeza.

En la Cuesta del Melón el viudo de verano empieza a hablarle de asuntos más personales y a formular preguntas: Bueno, ¿y tú estás saliendo con alguien? ¿Algún tortolito a la vista? ¿Hace cuánto tiempo que te separaste? ¿Tienes niños? ¿Y vives sola en Santiago? Y usted, casi a la distraída, sin saber todavía con qué chicha se está curando, le cuenta que no, ningún tortolito a la vista, se separó hace menos de un año, vive con sus dos hijos pero los niños están veraneando en el campo de sus suegros. Cuando está a punto de contarle que Roberto se fue con la profesora de literatura a París, un arresto de dignidad la hace quedarse callada.

A la bajada de la cuesta el viudo le está contando todo lo desgraciado que es con su mujer, que ella es fría como un pescado, que nacieron los hijos y nunca más pudo echarle un polvo tranquilo, que ya ni se acuerda de cuándo fue la última vez que estuvieron juntos. Él se casó enamorado y ahora la mira como a una extraña. Están a punto de separarse...

A la entrada de Santiago, el viudo le pregunta si tiene algo que hacer, total, no es tan tarde, son las diez de la noche, ¿por qué no vamos a tomarnos un trago y después te dejo en tu casa? Y usted, solitaria como todas las mujeres separadas en verano y dolida por el viaje de Roberto a París, le dice «encantada» y van a tomarse el trago al Sheraton.

—¿Un Martini?

—Un Martini.

Al segundo Martini el viudo le toma la mano.

—¿Contenta?

Y usted, tonta y medio mareada, le dice:

—Feliz.

Al tercer Martini el viudo se levanta de la mesa, le dice «ya vengo» y diez minutos más tarde regresa con los ojos más chispeantes y la cara más iluminada diciendo que acaba de reservar una pieza para los dos.

Con el último vestigio de buen criterio que le va quedando usted quiere negarse, pero no se niega, total, el viudo no está nada de mal y una vez en la pieza hacen el salto del águila, el mono revuelto y la cucharita. Te estaba esperando en la esquina vacía de mi vida, has venido a devolverme la fe en las cosas, de ahora en adelante todo será distinto, me estoy enamorando de ti, le dice entre salto y salto el viudo... Y usted, la ingenua, le cree, a pesar de encontrarlo un poco cursi y bastante apresurado, le cree todo...

Al otro día se encuentra con «señor con pollo en la puerta», ese concepto genial que acuñó Mempo Giardinelli en su cuento del mismo nombre. Señor con pollo en la puerta, según Camelia (un personaje del cuento), es un hombre que hace lo que jamás hace el marido: llegar a la casa con un pollito al spiedo, un vinito blanco y hasta champán en heladerita de telgopor(*).

Entre lunes y martes el viudo de verano será señor con pollo en la puerta, el miércoles la llevará al cine, el jueves la sacará a pasear por la ciudad semivacía y caminando por las calles tranquilas le dirá que su mujer no lo entiende, que llevan siglos sin verse los cuerpos desnudos, que se aburre como una ostra cuando está a solas con ella, que es un hombre atormentado y que él quiere renacer, reamar y remorir de amor y cuando usted, en el colmo de su ingenuidad le pregunte ¿y por qué sigues yendo todos los fines de semana a la playa si tu mujer no te importa nada y si ustedes dos no tienen nada que ver?, él pondrá esa cara compungida de padre competente que sabe poner el viudo de verano y responderá muy serio: por mis hijos.

(*) Giardinelli, Mempo, *Señor con pollo en la puerta y otros cuentos,* Editorial Lom, Santiago, 1997.

Así llegará el fin de semana. El viernes en la tarde se interrumpirá el romance hasta el domingo en la Cuesta del Melón o hasta nueva orden.

Usted partirá de nuevo a la misma playa donde lo conoció y el viudo de verano, ahora de vuelta a su condición de marido de fin de semana, también estará en esa playa pero no la saludará, ni usted a él, como si no se conocieran. Han acordado tener mucho cuidado con el qué dirán...

El week-end será una pesadilla. El viudo se encontrará tendido a cuatro metros de su toalla, la cabeza apoyada amorosamente en el vientre de su señora, haciendo un castillo de arena con el hijo menor, corriendo al agua con el hijo mayor, acariciando a su mujer a la pasada... Mucho más parecido a un marido contento que a un hombre atormentado...

Hay que tener mucho cuidado con esta clase de viudo. Es mala suerte segura. Así que la próxima vez que uno de ellos le diga ¿te llevo de vuelta a Santiago?, por muy buen corazón, pene alegre e inteligencia viva que le encuentre, usted ya sabe lo que no debe hacer.

6. No tomar trago sola en las noches

En la despensa de una mujer recién separada debiera haber buenos libros, buenas amigas, la Sinfonía número 9 de Mahler, toronjil para las penas, jugo de naranjas y agua mineral. Pero nunca una botella de alcohol...

Cuando apareció la profesora de literatura en la vida de Lupe (sobre todo en la vida de Roberto) y ellos dos se separaron, Lupe empezó a llevar más o menos la misma existencia de toda mujer recién separada: salía de su casa en la mañana muy temprano y en el camino a su trabajo pasaba a dejar a sus dos hijos al colegio. A la hora de almuerzo regresaba de una carrera, sólo para apaciguar los sentimientos de culpa que le producía estar todo el día en la oficina. A las tres volvía al trabajo y salvo las veces que llamaba Filomena para avisarle que se había acabado el gas, que el jardinero quería la plata, que habían telefoneado del colegio para avisar que Ivancito se había perdido pero que ya lo habían encontrado y que ella había vuelto a ver a Filipaki en la ventana, no levantaba la cabeza hasta las siete.

A esa hora regresaba a su casa y Filomena le daba las noticias del día: «Menos mal que llegó temprano, señora, mire que estos chiquillos ya me estaban volviendo loca. ¿No ve que la Carola no quiere hacer las tareas? Me he llevado toda la tarde diciéndole que se aprenda la poesía. Yo misma se la leo en voz alta a ver si le entra algo: «piececitos de niño, azulosos de frío, cómo os ven y no os cubren, Dios mío». Ya pues, Carolita, apréndase la poesía antes que llegue su mamá, le digo. Pero usted sabe lo porfiada que es. Y a Ivancito lo pillé a punto de largarse con un paraguas desde el segundo piso. ¡Qué estás haciendo, chiquillo de mierda!, le grité y lo bajé de un aletazo. Andaban jugando al paracaídas con ese cabro de moledera de la casa de al lado. Si ese cabro pisa esta casa de nuevo, señora, yo me voy el quince porque a una le alcanza la paciencia hasta por ahí no más. Lo otro que tengo que decirle es que se nos terminó el aceite, ¿me da plata para ir a comprar al supermercado? Y queda bien poca parafina, así que si quiere paso a la bomba. También hay que comprar cloro porque no hay cómo sacarle las manchas a la camisa de Ivancito, señora. Otra cosa que tengo que decirle es que me vino un dolor por aquí, mire, ¿no ve que soy operada? Así que mañana quiero acercarme al policlínico a ver si me pueden dar algo para los riñones, porque mi abuela dice que son los riñones ¡Ay, señora! Antes que se me olvide, llamó don Roberto y le dejó dicho que no cobre el cheque todavía porque no tiene fondos. Yo me tomé la libertad de contarle que estamos sin un peso. Traten de aguantarse una semana más, me dijo, así que le pedí prestado a la Cleme que pasó a dejarle un recado de la señora Alicia. Y por lo demás, hemos estado bien. La Carolita tiene que aprenderse la poesía para mañana, eso sí que sí, porque llamó la señorita Contardo y dijo que si llegaba sin saber la poesía se iba a quedar castigada hasta las siete y media».

Después de escuchar este informe, que con escasas variaciones era el mismo de ayer y de antes de ayer, subía a bañar a los niños y enseguida les daba la comida. Ivancito no comía nada verde así que había que mezclarle las espinacas con mermelada de frambruesa. Carola no comía nada... Ya, Carolita: por el papá... Por la mamá... Por la Filo.

Una vez que los niños rezaban «Ángel de la Guarda dulce compañía no me desampares de noche ni de día», y ella, hincada a los pies de la cama: «Ángel de la Guarda dulce compañía haz algo para que Roberto abandone a la profesora de literatura», les apagaba la luz y cerraba la puerta.

Una vez que se dormían, bajaba al primer piso y se comía una pata de pollo fría frente a las noticias de la televisión y después de lavar el plato se quedaba en el living rememorando tiempos mejores. Volvía a ver su vida con Roberto antes de la profesora de literatura, a Roberto sentado en ese mismo living jugando con Ivancito. Le parecía escuchar de nuevo sus voces, las cosas que se decían, el timbre de sus carcajadas y se largaba a llorar. Entonces caminaba como una autómata hacia la despensa, sacaba la botella de whisky y se ponía a tomar para atontarse y no pensar. Y luego, cuando ya no estaba pensando en nada cuerdo, cometía uno de los errores clásicos de toda mujer recién separada: le escribía unas cartas atroces a Roberto y lo que es aún peor: al día siguiente se las mandaba...

Llegaba el viernes en la noche y comenzaba otro fin de semana, otro sábado y domingo en que Roberto se llevaba a los niños, los días que Lupe aborrecía con toda su alma. La soledad de la casa se le hacía insoportable y hacia las diez de la noche, después de comerse la pata de pollo, se encaminaba hacia la despensa, sacaba la botella de whisky y empezaba el mismo círculo vicioso que la acompañaría durante los dos años que tardó en convertirse en la amante de Roberto: recordar al Roberto de antes de la profesora de literatura, verlo jugando con Ivancito en la alfombra, escuchar las risotadas de tiempos mejores, largarse a llorar, escribirle una carta y el whisky... El próximo paso fue la camilla de un siquiatra y luego vino la clínica y la desintoxicación.

—Oye, Filo, ¿qué tiene mi mamá?

—Se le pasó la mano con el whisky...

—¿Y por qué, Filo?

—Por los malos ratos, niña. Cómase la comida y no ande averiguando leseras, mire que si no come llamo a Filipaki.

El alcohol y la tristeza no hacen buenas juntas. No hay peor marido que el vino. Si va a ser él quien va a reemplazar a Roberto, piénselo dos veces antes de hacerle un hueco en su cama, tómese un vaso de agua mineral y recuerde las palabras de Cassio: «¡Ser, hace un momento, un hombre razonable, convertirse de pronto en imbécil y hallarse acto seguido hecho una bestia! Cada copa más es una maldición y el ingrediente, un diablo».(*)

(*) Shakespeare William, *Otelo, el moro de Venecia.*

7. Hacerles el quite a los amores de media tarde

Si lo que busca una mujer separada es un romance que termine en el Registro Civil, el camino menos indicado es el del amante que la lleva a dormir siesta a un motel. Ningún hombre con «intenciones serias», como decía mi abuela, la va a convidar a dormir siesta en un motel, ¡cómo se le ocurre! Ésas son cosas que hacen los viudos de verano, los amantes que piden plata prestada y los amantes de una a tres, o infartos del alma que nunca han pensado en casarse con usted.

Una siesta en un motel es algo que no puede publicarse en un periódico, ni comentarse con los hermanos, ni contarse a la mamá. Y un amante que no puede llevarla a ninguna parte más luminosa que un motel de mala muerte para dormir la siesta un día miércoles, es algo de lo cual se puede prescindir. La clandestinidad siempre es incómoda. Dentro de las clandestinidades amorosas ésta debe ser la más incómoda de todas. Y dentro de lo matrimonialmente correcto, lo más incorrecto que existe.

AMOR DE MEDIA TARDE = DESGRACIA SEGURA

Para el amante de una a tres (también denominado «amante de medio pelo») no hay nada más cómodo que la siesta a media tarde en un motel. La señora nunca va a enterarse. Es una hora en que puede escaparse tranquilo porque no hay reuniones de trabajo. La secretaria se fue a almorzar así que no estará espiando sus pasos. A su mamá no le gusta que la visite entre la una y las tres porque a esa hora reza el rosario. Su confesor se halla reposando el almuerzo y rara vez conversan a esa hora. Los sentimientos de culpa disminuyen a la mitad a la hora de la siesta. Al fin y al cabo no son ratos que le está robando a su mujer (ella anda en la peluquería), no son ratos que les está robando a sus hijos (están en el colegio) y tampoco son ratos que les roba a sus amigos que probablemente estarán durmiendo siesta en la pieza de al lado del mismo motel...

Al amante de medio pelo le encantan estos amores a toda carrera los miércoles a la hora de almuerzo. No le complican la existencia. No le complican la billetera. No le complican la moral pública. Lo único complicado de esta instancia tan cómoda es encontrar a una mujer con la que pueda darse el lujo de tener amores a esa hora tan descabellada... Y ahí es donde entra a tallar la mujer recién separada que todavía no conoce el teje y maneje de este nuevo mundo al que ha entrado, que se siente sola y que un buen día, de pura ignorante y *naive* que es, cae en brazos de este amante de mala clase.

¿Y adónde te llevó?, le pregunté sorprendida a mi amiga Lupe, porque Lupe, con lo avispada que es, me parecía la última mujer que habría aceptado ir a dormir siesta en un motel parejero. ¡Y con ese tipo, todavía! Me llevó a un motel de mala muerte, por allá abajo, me dijo, tragándose los mocos. ¡Ya! Déjate de lloriquear como una estúpida y cuéntame lo que pasó. Y entre moqueo y moqueo me contó que el tipo la había engatusado. Qué quieres que te diga, me engatusó, la carne es débil. Yo llevaba tres meses sin saber ni una palabra de Roberto, deprimida, tomando sola en las noches, sabía que se habían ido a París, pero siempre esperé que me escribiera una carta, que me mandara una tarjeta postal, algo, y nada, ni una letra. Fue entonces cuando apareció este otro. Desde el comienzo supe que estaba casado, pero me sentía tan sola que me dije ¡ya! Más vale un infeliz casado que uno en París con la profesora de literatura y me metí con él.

Al comienzo llegaba a verla a la casa, como Dios mandaba, o casi como Dios mandaba... Señor con pollo en la puerta. Dice Lupe que a las nueve de la noche sonaba el timbre, ella abría la puerta y ahí estaba él con un pollito asado con papas fritas, vinito blanco, caramelos para Ivancito y Carola. Pero eso duró poco. Al cabo del primer mes no volvió a aparecer por la casa ni la llamó por teléfono. Un tiempo después, cuando Lupe ya estaba con la autoestima por los suelos, angustiada, tomando media botella por noche y creyendo que nadie la amaría, el tipo la llamó de nuevo y la pilló volando bajo. ¿Quieres que te pase a buscar mañana a la oficina a la hora de almuerzo y nos pegamos una buena siestecita? ¿Una siesta?, preguntó ella. Pero si yo nunca en mi vida he dormido siesta. Si duermo a esa hora paso la noche con los ojos como pepas, le dijo. No sea tonta, mijita, le respondió el tipo, es una manera de decirlo, no es que vayamos a dormir... Y la pasó a buscar a la una y media.

Lupe volvió a su casa sintiéndose mendiga, mucho más deprimida que antes de la siesta y con el cuerpo todo cortado. No pudo volver a la oficina. Se dio una ducha y mientras le caía el agua se iba restregando bien restregado el cuerpo con la esponja dura que yo misma le compré en México. Para borrar las huellas del amante, dijo... Después se vistió con la ropa más liviana que tenía y puso un concierto de Schumann. Miró el reloj y eran las tres...

Los amores de media tarde casi nunca llegan más lejos que las tres...

Don Giovanni Giacomo Casanova está vivito y coleando, que no la hagan lesa con este cuento. No es que haya resucitado, es que nunca murió. Según los historiadores, antes de expirar Don Juan dijo: «viví como un filósofo, muero como un cristiano», pero nada de eso es verdad porque no ha expirado. Vive muerto de la risa como cualquier cristiano de los que una se topa en la calle, en los teatros y en la oficina. Y el éxito de su filosofía está directamente relacionado con el grado de ingenuidad de la mujer a la cual engatusa.

La historia romántica de Don Juan registra 24 criadas, 18 nobles, 15 miembros de la realeza, 11 prostitutas, 7 actrices, 6 bailarinas, 6 campesinas, 4 cortesanas, 3 cantantes, 3 monjas y 1 esclava. Todas, hasta las tres monjas, lo adoraban. Y todas (las tres monjas desde luego) quedaban con el corazón hecho pedazos porque Don Juan las enamoraba hasta dejarlas flacas como espárragos y después desaparecía... Dos siglos después cualquiera de nuestros *latin lovers* que oficie de Don Juan podrá exhibir una colección parecida. Puede ser que no cuente con princesas en su lista porque en Latinoamérica no hay, ni con monjas porque a estas alturas de los siglos las monjas le hacen mucho más caso al Papa que antes, pero criadas, actrices, escritoras, periodistas, campesinas, diputadas, editoras, sicólogas, estudiantes universitarias, etc., sí.

A toda mujer le toca su Don Juan, pero a la mujer separada que quiere casarse de nuevo le tocan varios... La separada resulta una presa más fácil y más rápida. Requiere de menos compromisos. Ya se casó, ya tuvo sus hijos, es autosuficiente, «pimpolla para manduquearse», como decía el abuelo de Agustín. Y lo más importante: es frágil, vulnerable. Va a estar deseando creer en todas las mentiras que le dice Don Juan. La soledad, la falta de recursos, los años, la sociedad machista, atentan contra su fortaleza. En la mujer separada hay una zona muy sensible, más sensible que en otras mujeres, por la cual entran los amantes de media tarde, el amante que le pide plata prestada, el viudo de verano y otros donjuanes más bien malacatosos.

Por muy emancipadas que estén, algunas mujeres siguen olvidando que para los hombres el sexo no necesariamente es una cuestión romántica. Muchas continúan creyendo que si la invitó a salir y la llevó a la cama es porque piensa comprarle un anillo, casarse con ella y hacerla feliz para siempre... Casi nunca es así. El hombre la invitará a salir, la llevará a la cama, efectivamente le hablará de matrimonio antes del sexo, y después del sexo, se verá...

—Te llamo por teléfono.

Y no la llamará.

Los amantes de media tarde siempre tratan de vender la ecuación «atributo enhiesto=compromiso profundo», pero usted ya sabe que es una pomada...

8. Gozar de la vida sin pareja

Hay muchas mujeres separadas que piensan (equivocadamente) que sin un hombre al lado no se puede gozar del teatro, de un fin de semana en la playa, de un buen concierto, de una buena película o de una rica cena... Hasta ahora hemos hablado solamente de ellas y de las que desean casarse de nuevo, que son la mayoría, pero las hay también aquellas que prefieren vivir sin pareja, que no quieren volver a casarse por ningún motivo y que le sacan partido al tiempo libre que tienen para gozar de sus amigas, mejorar en sus carreras, desarrollar sus talentos, encontrar nuevos intereses... Están felices de no reincidir. Con el primer matrimonio quedaron curadas de espanto para toda la vida. «El hombre que me tocó por marido no es algo que pueda repetirse. Yo no corro ese riesgo. Era tacaño. Nos racionaba el agua caliente. Regaba las plantas con el agua usada de la tina del baño y las plantas se morían. Vigilaba las llamadas telefónicas. Vivía obsesionado con el dinero que se gastaba en casa. Andaba apagando las luces. Había que dejar los yogures con la etiqueta hacia adelante. Guardaba las botellas desechables. Le gustaba dormir con la ventana abierta en pleno invierno. Jamás le importó mi opinión ni la de sus hijos. Cuando se presentó a candidato a senador yo me enteré por el diario. Cuando sus enemigos políticos se le echaron encima, me enteré por el diario del bando contrario de que tenía una amante. Cuando le pregunté desde cuándo andaba con la amante respondió que desde hacía diez años. Cuando le dije que entonces me había engañado durante casi todo nuestro matrimonio replicó que casarse conmigo había sido un error en su vida. Cuando le advertí que me iba a separar de él, me contestó que bueno y que hablara con su abogado para los trámites de nulidad. Y cuando firmé la nulidad me dijo que yo y los niños debíamos seguir corriendo con colores propios porque él nos había mantenido durante casi dos décadas...»

Nadie quiere correr el riesgo de repetir a un marido así. Después de una mala experiencia son pocas las mujeres dispuestas a matricularse con el primer galán que las convide a dormir siesta en una playa. Pero por otro lado a nadie le gusta tanto el celibato, ni vivir amarrada a la pata del catre, así que hay que barajarse entre saber con quién se mete y recordar que el sexo descomprometido no es el fuerte femenino. La mujer tiene atornillada en el alma, en la cabeza, en sus fibras más profundas, la idea de que si luego de una primera cita sigue la cama, a la cama debe seguir el compromiso y al compromiso, la profundidad del compromiso.

Los hombres, desde luego, no piensan así, y hay veces en que las mujeres tampoco. Una de mis amigas más queridas estuvo casada con un troglodita no tan mala persona como el del ejemplo, pero ningún querubín de colección, y se separaron porque ella se enamoró de otra persona. Pasó un tiempo con él, luego rompieron y después siguieron unos años en que mi amiga saltó de un amor a otro, con altos y bajos. Pasaba temporadas flaca y preciosa y temporadas gorda y deprimida. Depresiones y fascinaciones. Como es el caso de casi todas las mujeres separadas. Hasta que un día se cansó y pasó un largo tiempo sin nadie a la vista. Una vez le pregunté en qué estaban sus amores y me dijo algo que nunca olvidaré: «Desde hace un tiempo a esta parte he aprendido a ser como los hombres, cuando me gusta un tipo me acuesto con él, lo paso a dejar a su casa en la noche y no lo veo más. Por primera vez en mucho tiempo trabajo tranquila, duermo contenta y vivo feliz con mis hijos».

Los amantes de tiempos mejores eran unos caballeros que estaban en el mundo para agradar a su manceba, comprarle rosas, escanciarle champaña en una copa de cristal, besarle el guante... Unos amantes delicados y deliciosos, regiamente vestidos y más bien lejanos que abrían la puerta del departamento de su amada con una suavidad de zancudo, dejaban sus guantes de cabritilla en el bolsillo de su abrigo de piel de camello, doblaban cuidadosamente su bufanda de cachemira y entraban en puntillas para no espantar al silencio de la tarde. Las amadas no sabían si eran viudos, solteros o casados y no les interesaba. Y el amor se desenvolvía en un misterio que sólo conocía el cura confesor...

Ahora el amante es un caballero de presión peligrosa, colesterol alto, lleno de deudas y ganas de ser ministro, que anda por la vida ansioso y tapado de problemas, padre de cuatro chiquillos (dos marihuaneros) y de una adolescente que se arrancó de la casa con el baterista del Loro con Hipo. Más que un tipo regio, admirable y misterioso, suele ser un pobre hombre con los nervios rotos al que hay que ofrecerle un hombro fuerte y un pañuelo resistente, además dc prestarle plata y llevarlo al siquiatra para que no se suicide... Un estorbo.

Hace un tiempo, realicé una encuesta casera entre varias mujeres separadas que no querían volver a casarse y que declaraban estar mejor viviendo solas. Todas habían tenido un amante en algún momento y prácticamente todas podrían haberse casado si así lo hubieran querido. Sólo el cinco por ciento de las encuestadas afirmó que el amante le había servido de algo. De ese cinco por ciento, el tres por ciento juró no repetir la experiencia, por lo violenta y agotadora que le resultaba la doble vida y la mentira (los amantes estaban casados con otras mujeres). El dos por ciento restante confesó haberse metido con el hombre por desesperación y que la experiencia les había dejado un sabor amargo. Una argentina contó que se había buscado un amante para ver si se le arreglaba el cutis y salió del romance fumando el doble y más arrugada que antes. La cuñada de otra amiga explicó que la primera semana de su romance fue ideal, su amante no tenía problemas de plata, no estaba enfermo de nada, la pasaba a buscar en un convertible verde botella y ni siquiera tenía señora. Al cabo de un mes salieron las otras cosas a la luz del día: el hombre no tenía señora, pero tenía mamá y la novia con la cual había terminado hacía poco una larga y tortuosa relación era su secretario...

Entre las otras calamidades que mencionaron las entrevistadas, el diez por ciento dijo que el amante asistía al siquiatra una vez por semana y que ellas no estaban dispuestas a casarse con un caballero hundido en su sicodrama; el tres por ciento contó que el amante le había pedido plata prestada y no la había devuelto; el uno por ciento declaró que el amante la había golpeado; y el uno por ciento restante dijo que había sido golpeada por la señora del amante.

Finalmente todas las encuestadas declararon que preferían pegarse unos buenos amores fugaces y librarse del resto de los problemas.

9. Reconocer la diferencia entre un potencial marido y un potencial desastre

Casarse de nuevo es una empresa en la cual nadie puede arriesgarse a que le vaya mal. Hay que andar con mucho tiento, mucha delicadeza, mucho criterio. Debe estudiarse con detención al candidato que se tiene al frente. El que pase de curso será solamente el alumno nota siete. Los demás deberán quedarse pegados o irse a otro colegio.

Cada mujer sabe dónde le aprieta el zapato. No existe un candidato universalmente perfecto. Lo que hay sí es una gran diferencia entre un potencial marido y un potencial desastre y usted debe ser capaz de reconocerla a tiempo o fregarse el resto de la vida.

Una buena ocasión para estudiar a un potencial marido se da la primera vez que van juntos a un restaurante. Fíjese si come con los dedos, pero también fíjese si no come nada con los dedos por ningún motivo; si no quiere pagar la cuenta; o si pide un vino francés y propone que usted pague la mitad de la botella; si se cambia más de una vez de mesa porque ésa no le gusta; si devuelve un plato dos veces seguidas; si se pone la servilleta en el cuello; si bebe más de la cuenta; si anda con el celular en el bolsillo y lo usa durante la comida; si le pregunta al mozo si hay que pagar extra por el pan; si intenta controlar lo que usted come; si presta más atención a la flaca de la mesa de al lado que a la que tiene al frente (usted); si trata mal a los garzones; si examina las copas por si hay gérmenes; si pone cara de disgusto cuando mira la cuenta; si ha terminado la cena y él no sabe si a usted le gusta Schumann, si conoce algún cuadro de Hopper, si ha leído a Shakespeare, si es católica y si le interesa la política y usted sabe desde el color de sus primeros pañales y la cara que puso su mamá la primera vez que él dijo «agú», hasta el contenido del discurso que pronunció ayer en el Congreso...

Una vez fuera del restaurante, si el candidato no pasó el examen, dígale ha sido un gusto enorme conocerte y pasar este agradable rato contigo, quizás nos veamos alguna vez en la vida, que te vaya bien en todo, y se va para su casa sin tocarle un dedo y sin que él le toque un dedo a usted.

Si el candidato pasó el examen, hay que seguir estudiándolo antes de entrar en ninguna etapa que tenga pinta de lino blanco, creolina, tocuyo, popelina, seda natural o cualquiera otra tela para confeccionar sábanas.

¿Cuándo hay que arrancar a perderse?

Cuando el candidato usa Murine más que usted lápiz labial; si tiene niños que no quieren verlo; si tiene niños a los cuales él no quiere ver; si habla mal de su primera señora; si le pide plata prestada; si le cuenta que les pide plata prestada a los amigos; si está peleado con toda su familia; si le dice que no se ha encontrado; si le dice que se ha encontrado, pero que no le gusta lo que encontró; si su idea de un desayuno continental es un croissant con una botella de vino; si la deja plantada.

Si el candidato pasa este segundo examen hay que seguir estudiándolo.

Si después de dos horas de grata conversación, el potencial marido le cuenta que está casado con otra, pero que su mujer no lo entiende, que se llevan mal en la cama, que están a punto de separarse o cualquiera de las versiones quejumbrosas que preceden a la «canita al aire», hay que dar por terminado el examen.

Si el potencial marido se declara «artista» y piensa que él no es para trabajar en una oficina porque es poeta y los poetas tienen que quedarse en la casa escribiendo poesías... «los trabajos comunes y corrientes no son para un ser como yo, tú sabes... (quiere decir que él es más sensible que el resto de los mortales)... las oficinas no se han hecho para mí... yo no sirvo para ese tipo de trabajo que anquilosa el alma y seca la inspiración... mientras tú tengas tu sueldo podemos mantenernos perfectamente bien los dos...», debe abandonarlo cuanto antes porque ese hombre es un potencial desastre seguro.

En la última década ha surgido un nuevo aparato que convierte al potencial marido en otro potencial desastre: el teléfono celular.

El fanático del celular es un tipo con el cual conviene estar extraordinariamente alerta. Tendrá toda la pinta de ser un triunfador, rico, buen partido, etc. Pero rasguñando un poco verá cómo se encuentra frente a frente a un adefesio muy propio de estos tiempos.

Todavía no se ha escrito lo suficiente acerca de lo desagradable que resulta este nuevo aparatito que muchos hombres esgrimen con orgullo y sin contemplación hacia el resto de los mortales. El galán fanático del celular es lisa y llanamente inaceptable para cualquier mujer que se respete. Esté donde esté, suena su aparatito y él lo contesta. Vaya donde vaya, lo lleva consigo. Molesta en los restaurantes. Molesta en los cines. Molesta en los ascensores. Molesta en la calle. En el metro. Y nunca llama porque se está muriendo su mamá o porque se está incendiando su casa. Llama porque tiene un celular a la mano. «¿Aló? Está Arturo, dígale que lo llamó Sebastián. ¿Aló? ¿Alberto? Qué bueno que te pillo, hombre, voy entrando a un restaurante, te llamo en un momento, pero antes déjame decirte algo, oye, mira, arregla las cosas para que esta noche nos veamos antes de las diez, O.K. Nos vemos... ¿Aló? ¿Está Alejandro? Dígale que lo llamó Sebastián. ¿Aló? ¿Cristina? ¡Ah! Perdón, creo que marqué el número equivocado. ¿Aló? ¿Cristina? Con don Sebastián, ¿me ha llamado alguien? ¿Arturo? Dígale que me llame al celular...» Y usted está sentada al frente... De este potencial desastre hay que arrancar a perderse.

Finalmente, si el candidato aprueba todos los exámenes, si a usted le sigue gustando, si ya sabe quién es este troglodita, para qué está en el mundo y por qué está saliendo con usted, es posible pensar en la etapa del lino, de la popelina o de la seda natural... Pero antes hay que agregar que un romance en los años noventa ya no empieza con un beso, sino con una buena conversación acerca de cómo protegerse contra el SIDA.

VI

Comer como Sor Juana

VI. Comer como Sor Juana

«Me arrepiento de las dietas, de los platos deliciosos rechazados por vanidad, tanto como lamento las ocasiones de hacer el amor que he dejado pasar por ocuparme de tareas pendientes o por virtud puritana», dice Isabel Allende al comienzo de *Afrodita*.

Las dietas para adelgazar constituyen un perverso atentado en contra de la felicidad. Sirven para perder peso por un mes y para darles en el gusto a los publicistas y a los diseñadores de ropa, es cierto, pero también sirven para enfermarse de los nervios, para neurotizar las relaciones matrimoniales y para que los chiquillos salgan arrancando «porque mi mamá está a dieta otra vez».

Por la manía de enflaquecer de las mujeres han desfilado la dieta de los días (el día de la papa, el día de los plátanos, el día de los tomates), la de la sopa de verdura, la de la luna, la del huevo duro, la de Scarsdale (que permitía productos lácteos y grasas), la del bistec con lechuga, la de los batidos Ultra Slim y Ultra Slim Fast, hasta que se aterrizó en la mayor de todas las locuras dietéticas, el recuento de las calorías, y la vida se convirtió en una suma y una resta. La historia de las dietas debe ser una de las más lamentables de la estupidez femenina. ¡Rebélese contra ellas! La comida y el amor son las dos mejores cosas de la vida.

Pensar en el siglo XVII en la Nueva España es pensar en Sor Juana Inés de la Cruz y también es evocar la buena cocina de entonces. Sor Juana, la maravillosa escritora de lo divino y de lo humano, no les hizo asco a los placeres de la buena comida. Recopiló más de cuarenta recetas de la cocina conventual y organizó un recetario. En las tardes de visita ofrecía a sus huéspedes postres y bebidas y enviaba a sus amistades de la corte virreinal «recados de chocolate», «pastillas de boca», que acompañaba con poemas.

Don Artemio de Valle-Arizpe, quien recreó la vida de la época, hizo un detallado recuento de las delicias que se servían en el convento de las madres jerónimas, al cual pertenecía sor Juana. «Sus dulces son pura maravilla, la cima y el emporio del convento; sus alfajores de tradición morisca, sus melindres y susamieles, sus yemitas acarameladas entre picados papelillos de diferente color, semejan extrañas flores, sus huevitos de faltriquera, sus alfeñiques, sus leves aleluyas, sus canelones de acitrón, sus tiranas de calabaza, de camote con naranja, o camote con chabacano, sus sonrosadas panochitas de piñón, ligero rubor hecho dulce, y sus eximios peteretes, sus mantecadas y su gorja de ángeles y sus tortas rellenas y tortas pascuales y las empapeladas ya con barrocos dibujos de canela que exceden a todo gusto a todo aroma»(*)

Para el amor y la cocina se necesitan las mismas cosas: un hombre, una mujer, buenas manos y ganas de pasarlo bien. Más o menos las mismas cosas que se necesitan para sobrevivir al machismo... Así que a cocinar se ha dicho y no se frustre porque tal como decía Enedina en mi tierra de Cauquenes: «a la mejor cocinera se le ajuma la olla».

(*) *El Universo de la Cocina Mexicana,* Fomento Cultural Banamex, R.C, 1988.

1. Un menú para entrar en calor

Para empezar a conversar sobre comidas conviene partir por un menú fácil, no por ello menos exquisito, como el que preparó Julia el día en que cayó en la trampa e invitó a comer al viudo de verano. «Pobre hombre», pensó Julia (el hombre no tenía nada de «pobre», pero en fin), «voy a prepararle algo que no olvidará jamás». El viudo gozó de la comida, pero a decir verdad se olvidó de ella el fin de semana siguiente en cuanto regresó a la playa y probó los porotos pallares que le había preparado su mujer.

Crema de zapallo con castañas y caviar
Pollo en salsa de vino dulce
Panqueques (crepes) con jalea de grosellas

Crema de zapallo con castañas y caviar

Una crema muy delicada y elegante, decorada con un buen poco de caviar para contrarrestar el sabor algo dulzón del zapallo y lograr un equilibrio perfecto entre lo dulce, lo salado y la textura del terciopelo. «Con esta crema, el viudo va a quedar listo», pensó Julia mientras la preparaba.

Ingredientes:
1/8 kilo de castañas crudas.
2 tazas de zapallo amarillo cortado en cubos.
2 cucharadas de mantequilla.
1 cebolla picada fina.
1 zanahoria picada.
1 tallo de apio picado.
5 tazas de caldo de pollo.
1 cucharadita de jengibre laminado.
1 1/2 taza de crema.
1 lata pequeña de caviar Sevruga (si puede financiarlo) u otro caviar más económico.
1 pizca de sal.

Preparación:
1. Pele las castañas y cuézalas en agua hirviendo 10 minutos.
2. Derrita la mantequilla en una olla y dore la cebolla, el apio y la zanahoria hasta que las verduras estén lacias.
3. Agregue el zapallo, las castañas, 4 tazas del caldo de pollo y la pizca de sal. Deje cocer a fuego mediano 30 minutos o hasta que las castañas estén bien blandas. Poco antes de sacar del fuego añada el jengibre. Deje sólo unos minutos más.
4. Pase toda la sopa por la licuadora hasta obtener una crema suave y aterciopelada.
5. Devuelva a la olla. Agregue la crema, otro poco de sal al gusto y pimienta (también al gusto).
6. Sirva en pocillos de consomé y antes de llevarlo a la mesa eche una cucharada de caviar en cada pocillo.

Pollo en salsa de vino dulce

Una receta de la bisnieta de Robert Schumann. Es sencillo y exquisito. Se prepara en un suspiro.

Ingredientes:
6 cucharadas de vino dulce, Marsala, Oporto, Malmsey, Madeira, Málaga.
3 cucharadas de vinagre de vino.
2 cucharadas de buen aceite de oliva.
1 pechuga de pollo partida por la mitad.
Sal y pimienta.

Preparación:

1. Caliente el horno a fuego fuerte.
2. Junte todos los ingredientes y marine el pollo en esta salsa por veinte minutos.
3. Coloque las dos mitades de pechuga de pollo en una fuente para el horno, bañe con la salsa y lleve al horno 20 minutos.
4. Sirva el pollo cubierto con la misma salsa en la cual se asó y acompañe con un arroz al azafrán con pimentón rojo, cebollín picado (se le echa al arroz una vez que está cocido), pasas y almendras.

Panqueques (crepes) con jalea de grosellas

En París se venden crepes en cada esquina y el relleno más popular es el de jalea de frutas. Los magníficos cocineros del Cordon Blue crearon estos exquisitos panqueques con jalea de grosellas y Julia le agregó el cognac.

Ingredientes:
3/4 taza de harina.
Una pizca de sal.
2 cucharadas de azúcar.
1/2 cucharadita de extracto de vainilla.
2 huevos.
1 taza de leche.
3 cucharadas de mantequilla sin sal derretida y colada.
1 1/4 taza de jalea de grosellas.
1/4 taza de azúcar flor.
1/2 taza de cognac.

Preparación:

1. Prepare la mezcla para los panqueques mezclando la harina, los huevos, la leche, el extracto de vainilla y el azúcar.
2. Haga los panqueques como usted ya sabe hacerlos.
3. Rellene los panqueques con la jalea de grosellas y enróllelos, uno al lado del otro, en una fuente para el horno.
4. Vierta el cognac sobre los panqueques y enciéndalos. Una vez que se haya consumido la llama espolvoree con el azúcar flor y ponga en el horno unos minutos antes de servir.

2. Un menú para el amante ecologista

Que su amante sea ecologista no significa que sea vegetariano ni que usted deba comer hojas de nalca ni jugo de murtillas o soufflé de maqui todos los días. Después de una ardua investigación culinaria he llegado a la conclusión de que al amante ecologista le va a gustar una entrada que lo haga sentirse cerca del mar, un plato de fondo que le recuerde el aire fresco del campo y un postre que traiga a su memoria los aromas de la cocina de su infancia:

Mousse de salmón con salsa de espinacas
Pechugas de pato con salsa de ajo
Flan de guindas

Mousse de salmón

Ingredientes:
1/2 kilo de salmón asado al horno, con limón y mantequilla.
1 taza de yogurt natural sin sabor (puede ser descremado).
El jugo de medio limón.
1/4 de cebolla picada.
1 sobre de gelatina en polvo.
Sal y pimienta.

Preparación:

1. Ase el trozo de salmón cubierto con papel de aluminio por veinte minutos, déjelo enfriar y luego desmenúcelo.
2. En la juguera mezcle: el salmón desmenuzado, la cebolla, el jugo de limón, la taza de yogurt, la sal y pimienta.
3. Añádale la gelatina previamente disuelta en agua hirviendo.
4. Ponga en un molde. Lleve el molde al refrigerador y a las dos horas desmolde y sirva rodeado de lo que quiera, tomates, lechugas, berros, torrejas de paltas, etc.

Salsa de espinacas

(Esta salsa es deliciosa para acompañar cualquier pescado frío o caliente.)

Ingredientes:

1 taza de espinacas cocidas
2 yemas de huevo duro
1 clara de huevo duro
2 cucharadas de aceite de oliva
2 cebollines picados (con la parte verde)
1 cucharada de eneldo fresco
1 cucharada de perejil picado
1 cucharada de tomillo fresco
1/2 taza de yogur natural
1/2 taza del líquido en donde coció las espinacas
Sal y pimienta

Preparación:
Mezcle todos los ingredientes en la juguera y aliñe la salsa a su gusto. Si le queda demasiado espesa puede licuarla con otro poco del líquido donde coció las espinacas.

Pechuga de pato con salsa de ajo

Ingredientes:
2 dientes de ajo, picados.
3 cucharadas de Armagnac.
1 ramita de tomillo fresco.
Sal y pimienta.
2 pechugas de pato de 350 gr. cada una.
24 nueces frescas, peladas.
3 dientes de ajo partidos por la mitad.
2 cucharadas de agua.
3 cucharadas de aceite de oliva.
3 cucharadas de aceite de nueces.

Preparación:
1. Combine el ajo picado, el Armagnac y el tomillo en un plato hondo. Aliñe la mezcla con sal y pimienta. Deje marinar en esta salsa las pechugas de pato durante 1 hora, dándolas vuelta de vez en cuando.
2. Combine las nueces, las mitades de ajo y el agua en la licuadora y forme una pasta. Alíñela con sal y pimienta y mezcle poco a poco con el aceite. Deje a un lado hasta que sirva el pato.

3. Saque las pechugas de pato de la marinada y séquelas.
4. Caliente una olla y coloque las pechugas de pato sobre la olla. Cocine durante 8 minutos. Bote la grasa que suelten las pechugas, déles vuelta y cocínelas otros cinco minutos por el otro lado. Bote la grasa sobrante.
5. Vierta la marinada sobre esta misma olla y coloque las pechugas en esta marinada (en la olla) y déjelas reposar 25 minutos.
6. Saque las pechugas de la olla y córtelas en tajadas finas. Arregle las tajadas en cuatro platos y cúbralas con la salsa de ajo y nueces.

Flan de guindas

Ingredientes:
1 taza de harina.
3/4 taza de azúcar.
5 huevos.
1 cucharadita de extracto de vainilla.
1 taza de leche.
1 taza de crema fresca.
Una pizca de sal.
2 cucharadas de kirsch.
3/4 kilos de guindas, sin cuescos.
Azúcar en polvo.
Un poco de mantequilla para enmantequillar la fuente.

Preparación:

1. Caliente el horno y enmantequille una fuente.
2. Combine la harina y el azúcar. Agregue los huevos, la vainilla y bata bien. Gradualmente añádale la leche y la crema batiendo constantemente. Agregue la pizca de sal y el kirsch.
3. Coloque las guindas en la fuente que llevará al horno. Esparza la mezcla sobre las guindas. Lleve al horno y hornee hasta que esté ligeramente dorado, 35 a 45 minutos.
4. Enfríe completamente. Espolvoree con azúcar flor y sirva.

3. Menú para un marido que valga la pena

Hay maridos por los cuales vale la pena dar la pelea de la rutina matrimonial. Otros que más vale devolver a la casa de su mamá. En todo caso, entrar al matrimonio no significa de ahora en adelante prepárate un sandwich si tienes apetito porque yo no estoy para ser la cocinera de nadie... Tampoco significa que de lunes a viernes deba comer papas con chuchoca y el sábado un asado a la parrilla para tener contento al «guatón»... La cocina matrimonial debe ser otra manera de salpimentar la vida de casados. Algo atractivo. Entretenido. Que dé gusto. Porque si una cocinera no se divierte cocinando, nadie se va a divertir comiendo las cosas que prepara. Es cosa de usar la imaginación...

El menú que viene a continuación fue el menú que le preparó Lupe a Roberto cuando Roberto se enamoró de la profesora de literatura. Es cierto que después de probar estas delicias Roberto se fue a París con la profesora de literatura y se casó con ella, pero no es menos cierto que a la vuelta de Francia se convirtió en el amante de Lupe...

Ostiones con almendras
Ensalada de La Coupole
Ganso relleno
Queso con fruta

Ostiones con almendras

Ingredientes:
4 ostiones por persona.
1/4 kilo de almendras peladas y tostadas en el horno.
4 rebanadas de pan sin corteza.
Perejil.
Vino blanco.
Mantequilla.

Preparación:
1. Lave muy bien los ostiones y déjelos en su misma concha.
2. Pique las almendras en el molinillo. Agregue las rebanadas de pan fresco desmenuzadas, el perejil y la mantequilla.
3. Eche un chorro de vino blanco a cada ostión. Cubra con la salsa de almendras. Meta al horno 10 minutos y sirva caliente.

Ensalada de La Coupole

Si alguna vez va a París, no deje de visitar La Coupole, en la calle Montparnasse, y pida esta ensalada.

Ingredientes:
1 endivia.
4 tazas de hojas verdes (lechugas, espinacas).
1 taza de betarragas cocidas y partidas en cubitos.

1/2 taza de nueces partidas.
1/2 taza de aceite de vinagreta (1/4 taza de vinagre de vino, 1 cucharadita de mostaza Dijon, 1 cucharadita de azúcar, sal y pimienta fresca y 6 cucharadas de aceite de nuez).
Un buen poco de queso Roquefort.

Preparación:

1. Lave las hojas verdes y séquelas.
2. Mézclelas con las hojas de la endivia y las nueces.
3. Aliñe las betarragas con 2 cucharadas de la vinagreta.
4. Justo antes de servir mezcle las betarragas aliñadas con las hojas verdes y nueces; aliñe con el resto de la vinagreta y el queso Roquefort.

(Sirva sobre una tostada de pan con mantequilla con una copa de champaña.)

Ganso relleno

Ingredientes:

Para el relleno:
2 tazas de ciruelas secas partidas por la mitad.
2 manzanas, peladas y partidas en cuartos.
2 tazas de cebollas rojas (u otra cebolla dulce) picada gruesa.
Cáscara rallada de una naranja.
2 cucharadas de jugo de naranja.

El ganso:
1 ganso de buen tamaño.
Jugo de una naranja.
Pimienta.
8 tajadas de tocino.
1 taza de caldo de ave.
1/2 taza de vino dulce.
1 cucharada de jalea de grosellas.
1 cucharada de mantequilla.
Sal y pimienta.

Preparación:
1. Para el relleno mezcle las ciruelas, las manzanas, la cebolla, la cáscara de naranja y el jugo de naranja.
2. Caliente el horno.
3. Lave el ganso y pínchele la piel con un cuchillo (para que suelte la grasa). Bañe el interior del ganso con jugo de naranja y alíñelo con sal y pimienta.
4. Llene las cavidades del ganso con el relleno y cósalo para que no se salga.
5. Coloque el ganso con la pechuga hacia arriba en una asadera grande y atraviésele las tajadas de tocino en la pechuga. Áselo por 1 1/2 hora. En la medida en que se vaya asando vaya sacándole la grasa cada 30 minutos.
6. Retire el tocino; baje un poco el fuego y deje asar el ganso por otras 3 horas a fuego más suave.
7. Saque el ganso de la asadera, tápelo con papel de alumino y déjelo reposar 20 minutos.

8. Saque toda la grasa de la asadera. Agregue a la asadera el caldo de ave y el vino dulce y póngala en la llama y deje hervir la salsa que se ha formado (revolviendo para remover) 5 minutos. Agregue la grosella y deje cocer otros 2 minutos.
9. Sirva el ganso rodeado del relleno y bañado en la salsa y acompáñelo con unas papas nuevas cocidas y doradas en mantequilla.

Queso con frutas

Ingredientes:

Peras, duraznos, higos, manzanas, caquis, cualquier combinación de estas frutas según la estación.
Queso Parmiggiano-Reggiano

Preparación

1. Alterne la fruta partida (y si quiere pelada) con los trozos de queso.

4. Menú para cuando la engaña el marido

El menú que sigue a continuación es un menú liviano, que no exige mucho esfuerzo. Cuando el marido se ha enamorado de otra sólo quedan fuerzas para llorar, pero como hay que seguir viviendo... hay que sacar valor de donde sea para atravesar por la tormenta y salir lo menos mojada posible. Una buena comida siempre ayuda. Este menú está inspirado en la cocina oriental y es el que preparó Alicia cuando Agustín empezó a leer el Anticristo.

Ensalada de pepinos con salsa Sechuan
Pollo al horno con salsa Teriyaki
Plátanos con salsa de jengibre

Ensalada de pepinos con salsa Sechuan

Ingredientes:
1 1/2 kilo de pepinos.
1 chile jalapeño o cualquier ají más bien picante, sin pepas y cortado en juliana.
1 cucharada de jengibre fresco cortado en láminas muy delgadas.
Vinagreta preparada con 2 cucharadas de vinagre

blanco, 1 cucharada de aceite de sésamo, 1 cucharada de azúcar, una cucharada de aceite vegetal, y sal al gusto.

Preparación:

1. Corte los pepinos en tajadas. Alíñelos con la sal y déjelos reposar en un colador para que estilen durante 30 minutos.
2. Coloque los pepinos en una ensaladera, agregue el jalapeño, el jengibre y mezcle bien. Luego aliñe con la vinagreta y deje en el refrigerador 2 horas antes de servir.

Pollo al horno con salsa Teriyaki

Ingredientes:

1 pollo despresado.
Salsa Teriyaki.

La salsa:

1/2 taza de soya.
1/4 taza de jerez seco.
1/4 taza de azúcar.
2 cucharadas de aceite vegetal.
4 dientes de ajo picados muy finos.
1 cucharada de jengibre fresco rallado.

Preparación:

Para preparar la salsa mezcle todos los ingredientes de la misma. Luego coloque las presas del pollo en

una fuente para el horno (de preferencia un pyrex hondo), cúbralo completamente con la salsa, tápelo con papel de aluminio y lleve al horno medio fuerte por una hora.
Acompáñelo con arroz blanco.

Plátanos con salsa de jengibre

Ingredientes:
Para el batido:
1 taza de harina.
1 taza de cerveza.
1/4 cucharadita de sal.
2 cucharaditas de aceite vegetal.
2 claras de huevo.
1 plátano por persona (los plátanos deben estar maduros pero muy firmes).
2 cucharadas de miel.
2 cucharadas de Grand Manier (puede ser Triple Seco o Cointreau).
1/2 taza de jengibre caramelizado (receta aparte).

Preparación:
1. Preparar la pasta para el batido mezclando todos los ingredientes, menos las claras de huevo. Deje descansar una hora y entonces agregue las claras batidas a nieve.
2. Corte cada plátano por la mitad a lo largo.
3. Mezcle la miel y el licor y bañe los plátanos con la mezcla.

4. Hunda cada mitad de plátano en el batido y fría en aceite caliente por 3 minutos dándolas vueltas para que se doren por todas partes.
5. Cubra con la salsa de jengibre y sirva.

Salsa de jengibre

(Esta es una salsa que se puede guardar hasta 2 meses en el refrigerador.)

Ingredientes:

2 tazas de azúcar.
2 tazas de agua.
1/2 taza de jengibre fresco rallado.
1/4 taza de cognac.

Preparación:

1. Mezcle 1/3 taza de agua con el azúcar y hierva a fuego alto por cinco minutos, hasta que esté caramelizado.
2. Saque del fuego y añádale con mucho cuidado el jengibre rallado. Mezcle bien, agregue el resto del agua y haga hervir. Luego baje el fuego y deje hervir otros 45 minutos revolviendo ocasionalmente para que no se pegue el azúcar.
3. Agregue el cognac, saque inmediatamente del fuego y deje enfriar.

5. Último menú para Filipaki

La noche antes de que Filomena le clavara el cuchillo en la garganta a Filipaki, preparó este espléndido menú inspirado en la cocina griega, para mandarlo al otro mundo con menos remordimientos.

Iman Bayaldi
Lenguado a la mantequilla y skordalia
Rizogalo

Iman Bayaldi

Ingredientes:
2 berenjenas pequeñas.
1/4 taza de aceite de oliva.
1 cebolla grande picada.
1 diente de ajo machacado.
1 pimiento rojo, sin semillas y picado.
2 cucharadas de salsa de tomates.
4 cucharadas de tomates secos en aceite.
1 cucharadita de vinagre de vino.
1/2 cucharadita de azúcar.
Pimienta.
Piñones y hojas de cilantro para decorar.

Preparación:

1. Corte las berenjenas en rodajas gruesas. Écheles sal y déjelas estilar en un colador por 30 minutos.
2. Caliente el horno a 175° C.
3. Caliente 2 cucharadas de aceite en una sartén, fría la cebolla, el ajo y el pimiento por 10 minutos. Agregue la salsa de tomate, los tomates secos picados finos, azúcar, vinagre y pimienta.
4. Seque las rodajas de berenjena. Arréglelas en una fuente extendida para llevar al horno. Cubra cada rodaja con una cuchara de la mezcla. Cubra la fuente con papel de aluminio y hornee por 40 minutos.
5. Decore con los piñones y las hojas de cilantro y sirva caliente.

Lenguado a la mantequilla y skordalia

Ingredientes:

1 filete de lenguado por persona.
El jugo de un limón.
Mantequilla.
Harina.
Sal y pimienta.

Para la skordalia:

3 dientes de ajo machacados.
2 rebanadas de pan blanco.
1 1/4 taza de almendras peladas y molidas.

1/2 taza de aceite de oliva.
2 cucharaditas de jugo de limón.

Preparación:
Primero prepare la salsa.

1. Ponga el ajo en la licuadora. Añada el pan (sin la corteza) remojado en un poco de agua, las almendras molidas, el jugo de limón y el aceite de oliva. Eche a andar la licuadora hasta obtener una crema suave. Reserve para cuando el pescado esté listo para llevar a la mesa.
2. Aliñe los filetes de lenguado con sal y pimienta. Pase cada filete por harina y fríalos en la mantequilla, 2 minutos por lado (más o menos dependiendo del grosor del filete).
3. Sirva los filetes bañados con la salsa y acompañados de papas nuevas cocidas.

Rizogalo

Ingredientes:
1/2 taza de arroz.
1/2 taza de agua.
2 1/2 tazas de leche.
1 trozo de cáscara de limón.
1/4 taza de azúcar fina.
1 1/2 cucharadita de maicena.
1 yema de huevo batida.
2 cucharaditas de agua de rosa.
Una pizca de canela molida.

Preparación:

1. Lave el arroz.
2. En una olla haga hervir la leche y la cáscara de limón.
3. Agregue el azúcar, luego el arroz y el agua. Deje hervir suavemente, hasta que la leche se absorba, 30 a 40 minutos.
4. Mezcle la maicena con el agua. Agregue al arroz y cocine 2 minutos. Agregue el agua de rosa.
5. Divida el arroz en platillos hondos individuales, decore con canela molida y un pétalo de rosa y sirva tibio o frío.

6. Menú para Telésforo Piedrabuena

A los 21 años de casada, Rigoberta partió de vuelta a Nebraska. La noche antes de su partida, para no perder la costumbre y porque no quería irse sin despedirse debidamente de quien había sido su marido por tanto tiempo y el padre de sus ocho hijos, le preparó a Telésforo el mejor menú de toda su vida. Y después se fue.

Queso Panela con orégano
Mole de pistachos
Helado de rompope

Queso Panela con orégano

Ingredientes:
1 queso Panela (puede usar queso fresco o mozarella si no encuentra este delicioso queso mexicano)
6 dientes de ajo machacados
1/3 taza de aceite de oliva
1/2 taza de aceite vegetal de maíz
2 cucharadas de orégano

Preparación:
1. Coloque el queso en una fuente redonda que pueda llevar al horno.

2. Combine aparte el ajo, el aceite de oliva, el aceite vegetal y el orégano de manera que quede todo bien mezclado.
3. Vierta la mezcla sobre el queso y déjelo reposar 4 horas o mejor toda la noche. (Dos o tres veces bañe el queso con la salsa.)
4. Caliente el horno a 180º C y ase el queso durante 15 minutos.
5. Sirva tibio con galletas de cocktail.

Mole de pistachos

Ingredientes:
8 patas de pollo.
3 tazas de vino blanco.
3 tazas de agua.
2 cebollas picadas.
4 dientes de ajo.
4 hojas de palta (frescas o secas).
6 cucharadas de mantequilla.
1 chile poblano asado, pelado y sin pepas.
315 gr. de pistachos, sin piel.
Pimienta fresca.

Preparación:
1. En una olla grande coloque el pollo, el vino, el agua, una cebolla, el ajo y las hojas de paltas y deje hervir 30 minutos. Estile el pollo y déjelo aparte.
2. Mientras el pollo se está cociendo caliente la

mantequilla en la sartén. Añada el chile poblano, el resto de las cebollas y los pistachos y saltee hasta que la cebolla esté dorada. Luego licúe esta mezcla en la licuadora con un poco del caldo del pollo y deje hervir esta salsa durante 30 minutos a fuego lento. Enseguida vierta la salsa sobre las patas de pollo y vuelva a cocinar por otros 5 minutos. Corrija el aliño. Sirva caliente con arroz blanco.

Helado de rompope

Ingredientes:

4 tazas de leche fresca.
2 1/2 tazas de azúcar granulada.
1 taza de almendras peladas y molidas.
1 taza de crema espesa.
8 yemas de huevos crudos.
2 claras de huevos crudos.
2 copas de ron o de cognac.
Canela en polvo para decorar.

Preparación:

1. Ponga la leche al fuego con el azúcar y revuelva ligeramente hasta que espese un poco. Luego agregue las almendras y deje que espese otro poco. Retire del fuego, deje enfriar y vaya añadiendo las yemas previamente batidas hasta incorporarlas todas.
2. Agregue el ron y las claras batidas a nieve.

3. Coloque en el refrigerador (en el freezer) y revuélvalo de vez en cuando para que se forme una crema.
4. Sirva en copas de helado, decorado con canela en polvo.

VII

Si lo doy todo...

Si lo doy todo, me dicen tonta,
si fío, pierdo lo que no es mío,
si presto, me hacen un mal gesto,
por lo tanto, desde hoy,
para ahorrarme este lío,
ni doy, ni fío, ni presto.

Y si su vida se está convirtiendo en una telenovela, quiere decir que ha llegado la hora de cambiar de canal.

Este libro se terminó de imprimir
en el mes de diciembre de 1998,
en los talleres de Antártica Quebecor S. A.,
ubicados en Pajaritos 6920,
Santiago de Chile.